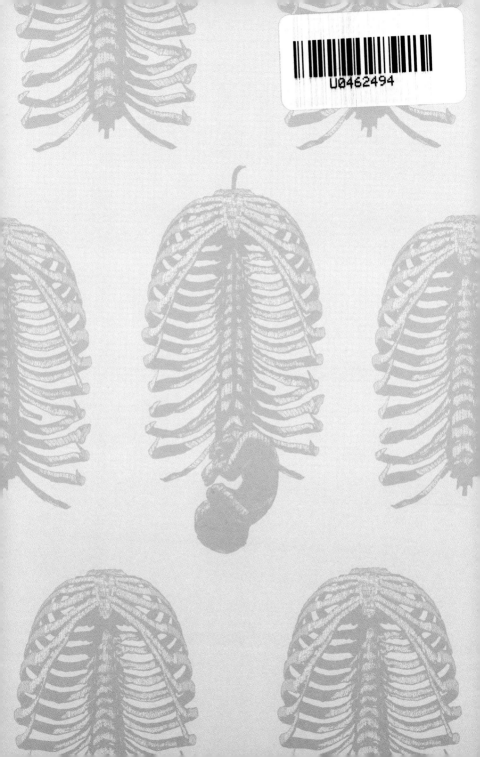

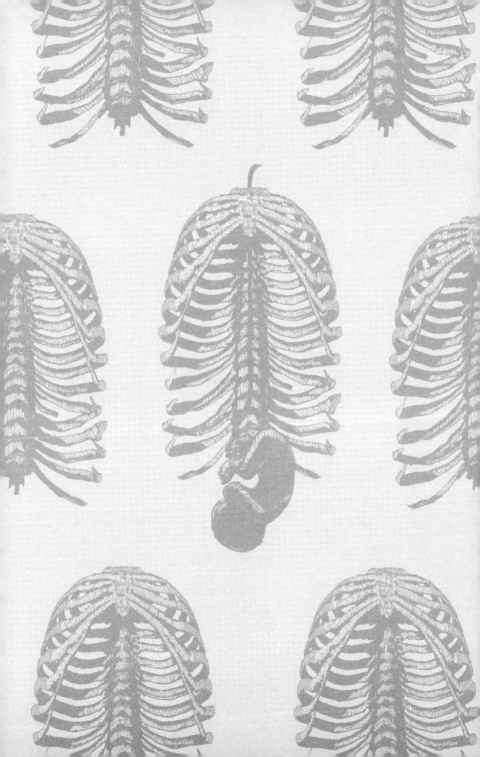

大魚讀品
BIG FISH BOOKS

让日常阅读成为砍向我们内心冰封大海的斧头。

BLOODCHILD
AND OTHER STORIES

血孩子

[美] 奥克塔维娅 · E. 巴特勒 _ 著

Octavia E. Butler

吴华 _ 译

中国友谊出版公司

目 录

自序

说真的，我不喜欢写短篇小说。努力尝试它着实让我体验了许多挫折与绝望的时刻，多得远超所望。

然而，写短篇小说也有诱人的地方。看起来挺简单。先是有了灵感，然后写上十页、二十页、三十页，完整的故事就出来了。

嗯，或许吧。

我最开始写成的那么多页，根本就不能算是短篇小说。它们只是长篇小说的片段——写不下去的、没写完的，或是还没落笔的作品大纲，抑或是孤立的碎片，诸如此类。

不能独立成篇，而且写得很烂。

大学时的写作老师对这些东西的评价客客气气、不温不火，也对我毫无用处。他们对我不断创作的科幻小说和幻想小说没什么帮助。其实，他们对任何堪称科幻小说的东西都评价不高。

编辑们经常拒绝我短篇小说的投稿，只奉上熟悉的、无署名的印刷退稿单了事。当然，这是作家的必经之路。我明白，但并没有因此就好受些。至于短篇小说，我曾干脆放弃——就像别人戒烟似的，一次又一次。我放不下那些灵感，也无法把它们写成短篇小说。漫长的挣扎之后，我把其中一些写成了长篇小说。

嗯，因为它们本来就应该是长篇。

我本质上是个长篇小说家。我感兴趣的主题往往很宏大，探索它们需要更大的空间和时间，短篇小说难以涵盖。

不过，我偶尔能写出几篇像样的短篇小说。这本小说集中的七篇短篇小说都是确确实实的短篇。我从未想过要把它们扩展成长篇。然而这本集子却诱惑我做些添补——不是补得更长，而是逐一探讨。我在每篇小说后面都附上了简短的后记。和故事梗概相比，我更喜欢后记，因为在后记中可以自由地讨论作品，不必担心破坏读者的兴趣。挥洒这种自由，令人愉悦。而在此之前，印出来的那些解读都是"巴特勒似乎在讲……""巴特勒想必认为……""巴特勒明确表示她觉得……"。

事实上，我觉得，人们对我作品的反馈，和我为作品的投入同样重要。但我仍然很乐意谈谈我写作的初衷，以及它对我的意义。

小说

血孩子

Bloodchild

本篇获 1984 年星云奖最佳短中篇小说奖、1985 年雨果奖最佳短中篇小说奖、
1985 年轨迹奖最佳短中篇小说奖。
最早刊登于《艾萨克·阿西莫夫科幻杂志》(1984)。
——编者注

我的童年结束于一次返乡。那一晚，提·嘉泰给了我们两枚无精卵。提·嘉泰把其中一枚分给了我的妈妈、哥哥、姐姐、妹妹，而另一枚，她坚持要我独享。这倒没什么。反正剩下的足够让所有人都爽一爽——除了妈妈。她不肯要，只是独自坐着，看其他人飘飘欲仙。主要是盯着我看。

提·嘉泰的肚子绵软纤长，我紧依着，随意地吸着那枚卵，琢磨着为什么妈妈偏要拒绝这种无害的乐趣。要是她肯偶尔放纵一次，白头发就不会这么多了。这些卵延长了寿命，增益了精力，爸爸就从不拒绝，所以寿命翻了一倍，一把年纪还有能耐迎娶我的妈妈，成为四个孩子的父亲。

但妈妈似乎情愿自然老去。提·嘉泰的几对足把我拽得更紧了，我看见她转过身去了。提·嘉泰喜欢我们的体温，一有机会就要好好享用。我小时候在家逗留得久，那时妈妈就总想教我与提·嘉泰的相处之道——要敬畏，要驯顺，因为提·嘉泰是提里克[1]族的政府官员，专管人族[2]保护区，直接跟人族打交道，在他们的族类中举足轻重。妈妈说，这样的大人物选了我

1　类昆虫外星物种。（本书注如无特别说明均为译者注）
2　原文为"Terrans"，科幻小说常用词，人类、人族，对应的是外星人或神族。

们家，可真是荣耀万丈。嗯，妈妈撒谎时最正经、最严肃。

我不知道她为什么撒谎，甚至不明白她撒的什么谎。家里多了提·嘉泰这么个成员确实挺荣幸，但这并不新鲜。提·嘉泰和妈妈一直是朋友，提·嘉泰也不愿在她视作第二个家的地方摆架子。她只是走进来，爬上为她特制的沙发，叫我过去给她取暖。紧挨她躺着，听她一如往常地抱怨我太瘦，想拘谨也难。

"如今好多了，"她用六七只足捏弄着我，说，"你终于长胖了些。瘦弱是种危险。"足下的触感微妙地变成了爱抚。

"他还是太瘦。"妈妈突然开口了。

提·嘉泰抬起头，身子也挺起了一米多长的一截，像坐起来了一样。她看着我妈妈。而妈妈别过了头，苍老的脸上布满皱纹。

"丽安，甘恩剩下的卵，你来一些吧。"

"卵是给孩子们的。"妈妈说。

"全家都有份，拿吧。"

妈妈不情不愿，但还是顺从地接过我手里的卵，送到嘴边。弹性卵鞘[1] 放了一阵子，已经瘪了，里面的汁水只剩几滴，但她挤捏着、吸吮着，吞了下去，片刻的工夫，她脸上僵硬的纹路便渐渐平滑了。

"真舒服啊，"她轻声感叹，"我都快忘记这种美妙的感

1　昆虫学名词，指某些昆虫卵块的包被物。

觉了。"

"那就多来些。"提·嘉泰说,"何苦急着老去呢?"

妈妈没说什么。

"还能来这儿多好啊,"提·嘉泰说,"因为你,这儿才成了我的避难所,可你却不肯好好照顾自己。"

在外面,提·嘉泰有一众反对者。她的族群想占有、利用更多的人族,只有她和她的政派挡在我们前头。而提里克的其他族人不理解为什么要设立保护区,为什么不能与人族通婚,或直接买卖、征用我们。或许,他们其实完全明白,只是受欲望驱使,所以才毫不在乎。提·嘉泰把我们配给虎视眈眈、有权有势的提里克人,从而获取他们的政治支持。于是我们成了必需品,成了地位的象征。她监管着异族家庭之间的结合,早期那些为迎合急躁的提里克人而拆散人族家庭的制度,都由她一手瓦解。我曾和她一起住在保护区之外。在那些锁定、打量我的眼神中,我看到了疯狂的欲望。那欲望轻而易举就能吞噬我们,而在他们与我们之间,只站着一个提·嘉泰。这叫我有些害怕。妈妈有时候会看着她,对我说:"照顾好她。"我于是想起,妈妈也曾在保护区外待过,也曾见识过那样一个世界。

此刻,提·嘉泰用四只足把我推下地。"去吧,甘恩,"她说,"跟你的姐姐妹妹待会儿,趁清醒前好好享受。你几乎独自享用了一整枚卵呢。丽安,来,让我暖暖。"

不知为何,妈妈迟疑了片刻。我最早的记忆片段就是妈妈舒展身体,依偎在提·嘉泰身边,聊着我听不懂的事情;她还会把我抱起来，笑眯眯地让我坐在提·嘉泰的一节身体上。那时，她还能够欣然接受自己那份卵。拒绝是从什么时候开始的，又是因为什么，我想知道。

她倚着提·嘉泰躺下了，而提·嘉泰身体左侧所有的足一起环住了她，松松地，但很牢。我一直觉得那么躺着很舒服，但除了我姐姐，家里没有人喜欢这样。他们说这样像囚入牢笼。

提·嘉泰确实有这个意图。她拢好那些足之后，轻轻地一拂附尾[1]，说道："卵不够了，丽安，给你你就拿着。你现在很需要它。"

提·嘉泰的附尾又动了，上面的鞭节[2]快得看不清，要不是我一直盯着，根本发觉不了。螯刺戳进妈妈裸露的腿，吸了一滴血。

妈妈叫了起来——可能只是吓了一跳。其实挨蜇并不疼。她叹了口气，浑身松弛下来，在提·嘉泰多足的牢笼里慵懒地动动，换了个更舒服的姿势。"你为什么要那么做？"她在半梦半醒间问。

"我不能眼睁睁地看着你煎熬受苦。"

妈妈费劲地耸耸肩。"明天。"她说。

"是的，明天你得继续受苦——谁叫你执意如此呢。不过现

---

1 昆虫学名词。昆虫通常没有普遍意义上的"尾巴"，只有肢（足）和节。有的种类有尾须（附肢），有的种类雌性有附尾，有感觉功能，用于寻找配偶和产卵。此处明显有关于性的暗示。

2 昆虫学名词，指附尾上的鞭节。现实中昆虫的鞭节是触角第三节之后的部分，感觉功能敏锐。

在，此刻，躺在这儿吧，暖着我，我会让你好受点。"

"他仍然属于我，你懂的。"妈妈突兀地说。

"他是我的，什么都换不得、买不走。"要是她清醒着，绝不会毫不顾忌地就提起这些。

"是啊，不行。"提·嘉泰顺着她说。

"你以为我会卖掉他换那些卵吗？为了长寿？卖掉自己的儿子？"

"为了什么也不行。"提·嘉泰抚摸着妈妈的肩膀，搓弄着她花白的长发。

我也想亲近妈妈，与她分享这一刻。如果我现在去碰她，她肯定会握住我的手。享用了卵和刺，她会卸下架子，露出微笑，也许还会吐露那些长久压抑的感受。但到了明天，她回想起来，此刻的一切都会变成耻辱。我不想成为这耻辱的一部分。最好的办法就是安静地忍着，相信她在责任、尊严、痛苦的重压之下依然爱我。

"春禾[1]，替她脱鞋，"提·嘉泰说，"待会儿我再蜇她一下，她就能睡着了。"

姐姐照办了。她站起来的时候晃晃悠悠的，像喝醉了似的。回来的时候她挨着我坐下，拉住了我的手。我俩一向是个小团体，她和我。

妈妈的后脑勺抵着提·嘉泰的肚子，费力地从这个不可能

---

1 原名为 "Xuan Hoa"。

看清的角度望向那张又宽又圆的脸。"你要再蜇我一次？"

"是啊，丽安。"

"那我就要睡到明天中午了。"

"这很好。你需要睡觉。你上一次闭眼是什么时候？"

妈妈恼怒地咕哝了一声："当年真该趁你个头小，一脚踩死你。"

这是她俩之间的老段子。从某种角度来说，她俩算是一起长大的，不过在妈妈的有生之年，提·嘉泰的个头从未小到能让人族踩死。现在，她的年龄是妈妈的三倍，等到妈妈寿终正寝时，她也依然年轻。但她俩相遇相识的时候，恰逢提·嘉泰的快速发育期——类似提里克人的青春期——而我妈妈还是个小女孩，所以有一段时期，她们是同步成长的，成了最要好的朋友。

提·嘉泰甚至还撮合了我的妈妈和爸爸。虽然年龄上有差距，但他们彼此很满意，便结婚了。与此同时，提·嘉泰初涉家族事务——政治，她们见面的时间就渐渐少了。但我姐姐出生之前，妈妈曾答应提·嘉泰，把自己的一个孩子送给她。既然必须送出一个孩子，那么她宁愿选择提·嘉泰，而不是随便哪个陌生人。

时光流转，提·嘉泰各处游历，她的影响力与日俱增。后来，当她回到妈妈面前，要求她兑现承诺，以此作为自己辛勤付出的回报时，人族保护区已经尽归她的势力范围。我的姐姐立刻就对她心生好感，希望自己被选中，可是妈妈刚怀孕不久。

提·嘉泰另有心思，那就是选一个婴儿，观察、参与他成长的每一个阶段。据说，我出生不到三分钟，就被提·嘉泰搂进了她的多足囚笼，几天后，便初尝了卵的滋味。人族问我怕不怕她，我就原原本本地把这些说出来。提·嘉泰向她的族群推荐幼儿，而那些焦虑、无知的提里克人偏想要个青少年，我也照实讲述这段经历。我的哥哥长大后害怕提里克人，也不信任他们，但如果在他年纪更小的时候就被领走，说不定就能顺利地融入他们的家庭了。有时候替他想想，真是宜早不宜迟。我看见他瘫在房间另一边的地板上，神游天外，圆睁的眼睛在那枚卵的作用下显得呆滞。不管怎么看待提里克人，争取自己那份卵的时候，他倒从不含糊。

"丽安，能站起来吗？"提·嘉泰突然说。

"站起来？"妈妈说，"我不是该睡会儿吗？"

"过会儿再睡。外面的动静不对劲。"睡笼猛地张开了。

"什么？"

"丽安，起来！"

妈妈听懂了她的语气，连忙站起来，这才没有摔到地上。提·嘉泰三米长的身子翻下沙发，扑向门口，疾冲出去。她是有骨骼的——肋骨、长长的脊骨、颅骨，每节身体有四对肢骨。可她这样扭转翻腾、猛然跃起、稳稳下落、滑跑着地的动作，却仿佛柔软无骨，简直像是水生动物——像游弋在水中一般飘曳在空气里。我喜欢看她动起来的模样。

虽然脚下不太稳，我还是撇下姐姐，跟着她往外面走。坐在原地沉溺于幻梦当然更好，要是能找个女孩共享清醒的幻梦那就好上加好。过去，提里克人只把我们当作方便好用的大型温血动物，挑几个圈起来养着，男的女的关在一起，以卵饲喂。这样不管我们如何极力自持，他们都能确保人族的下一代绵延不绝。幸好那段时间不长，不然要不了几代，我们就真的成了方便好用的大型动物了。

"甘恩，开着门，"提·嘉泰说，"别让家里人出来。"

"怎么了？"我问。

"人族育体。"

我猛地往后一缩，紧贴着大门："在这儿？只有他自己？"

"我猜他是想找公用电话。"她托起那人从我身边走过。他毫无知觉，像件衣服似的摊在她的足上。他看起来很年轻——可能和我哥哥差不多——远比他该有的身形瘦弱。正是提·嘉泰所说的那种"危险的瘦弱"。

"甘恩，去打电话。"她说着将人放在地上，把他的衣服往下扒。

我没动。

过了一会儿，她抬头看向我，突兀的沉默是她耐心尽失的信号。

"让奎伊去吧，"我对她说，"我留下，说不定能帮上忙。"

她的足忙碌着，抬起那个人，掀起他的衬衫蒙住他的头。"你肯定不想看，"她说，"很残忍。我没法儿像养他的提里克人那样帮他。"

"我知道，不过还是让奎伊去吧。他肯定不会帮忙的，我至少还愿意试试。"

她望向我哥哥——他比我年长、魁梧、强壮，当然也比我更能帮得上忙。他已经坐起来了，紧紧贴着墙壁，盯着地上的男人，毫不掩饰地露出了恐惧和厌恶。她也看得出来，把他留下没用。

"奎伊，你去！"她说。

他没拒绝。他站起来，身子微微打晃，但旋即就站稳了，吓得清醒了。

"这个人的名字是'布拉姆·洛马斯'。"她看看那人的臂章，读了出来。我摸着自己的臂章，有点同病相怜的意思。"管他的是提·库姬德，把她叫过来。听懂了吗？"

"布拉姆·洛马斯，提·库姬德，"我哥哥念叨着，"那我去了。"他绕过洛马斯，跑出门去。

洛马斯恢复了一点意识。他先是呻吟了几声，接着又痉挛似的抓住提·嘉泰的一对足。妹妹终于从卵赋予的幻梦中醒来，凑近了想看看，但妈妈把她拉走了。

提·嘉泰脱下了那人的鞋子、裤子，全程任由他抓着自己的两只足。反正除了最靠下的几对，她所有的足都同样灵巧。"甘恩，这种时候我不想多解释。"她说。

我挺直了身子："你要我做什么？"

"出去找只动物，有你身子一半大就够。宰掉它。"

"宰掉？可我从来没有——"

她一下子把我扇到屋子的另一边。不管是否露出螯刺，她的附尾都是相当厉害的武器。

我爬起来，往厨房走，后悔没把她的警告当真。用上刀子或斧子，说不定我就能杀死一只动物了。妈妈养了家畜，有一些是地球种，用来给餐桌添彩的，还有几千头是本地种，为的是要它们的皮毛。提·嘉泰应该更喜欢本地种。阿氏狄可能行。有几头大小正合适，不过它们的牙齿比我多两倍，还特别喜欢用牙撕咬。妈妈、春禾、奎伊都是用刀子宰杀它们的，而我从来没下过杀手，不管什么种类的动物都没宰过。在哥哥姐姐学着干家务活儿的时候，我把时间都花在提·嘉泰身上了。提·嘉泰说得对，去打电话的应该是我。至少那件事我办得到。

我走到妈妈存放大件家务用具和园艺工具的角柜前。柜子后面有一根往外排污水的管子——不过现在已经不用了。早在我出生之前，爸爸就改建了地下的排水管道。所以现在这条废弃的管子折叠起来，中间就能藏下一支步枪。我家不止有这一支步枪，但拿它最方便。有了枪，我连块头最大的阿氏狄也能杀死，不过那样的话，枪就可能会被提·嘉泰没收。在人族保护区内持枪是非法的。保护区刚建成后不久就出了事——人族用枪打死了提里克人，打死了提里克人的人族育体。在那之后才有了异族家庭结合，有了与所有人利益挂钩的和平共处。在我的有生之年，在妈妈的有生之年，从未有人朝提里克人开枪，但法律依然有效——据说，这是为了保护我们。有传闻称，在那个暗杀横生的年代，有些人族家庭甚至因为惨遭报复而被灭门。

我走到外面的畜笼那儿，挑了最大的一头阿氏狄打死。那是一头用于配种的漂亮雄性，妈妈看见我把它拖进屋肯定会很不高兴。可它的个头正合适，而且事出紧急，我也顾不得太多了。

我将阿氏狄修长温热的身体扛在肩上——幸好我增长的体重有一部分来自肌肉——然后扛进了厨房。我把步枪放回原来的地方藏好。要是提·嘉泰注意到了阿氏狄身上的枪伤，让我把枪交出去，那我只能照办；要是她没提，我本打算不动声色地放回原处。

我转过身，本来要将阿氏狄送过去给她，却又犹豫起来。有那么几秒钟，我站在紧闭的屋门前，不明白自己怎么突然害怕了。其实我知道接下来会发生什么。虽然没有亲眼见过，但提·嘉泰给我看过图示和图片。她曾跟我保证，说只要我年纪到了，自然而然就能理解那种事。

可我还是不想进屋。我磨磨蹭蹭地从妈妈的雕花木盒里挑了一把刀。没准儿提·嘉泰用得着，我思忖着，毕竟阿氏狄的皮毛又厚又韧。

"甘恩！"提·嘉泰在喊我，声音刺耳，语气急迫。

我咽了口唾沫，从没想过抬脚迈步也能这么难。我发觉自己在发抖，心里羞愧不已。这份羞愧让我推门进去。

我把阿氏狄放在提·嘉泰旁边，看见洛马斯又昏过去了。现在，屋子里只有她、洛马斯和我——妈妈和姐妹们可能被打发出去了，刚好不必目睹这一切。真叫人羡慕。

可就在提·嘉泰抓起阿氏狄的时候，妈妈折回来了。提·嘉泰没理睬我递过去的刀，几对足的末端探出利爪，将阿氏狄由咽喉到肛门撕开。她看向我，黄色的眼睛紧盯着我："甘恩，按住他的肩膀。"

我惊恐地看着洛马斯，碰都不想碰他，更不用说按住了。这跟开枪打死一只动物可不一样。不能干脆利落，因此谈不上仁慈悲悯，我希望他活下去，可那就无法一了百了。不得不参与其中，这是我最不情愿的。

妈妈走近了。"甘恩，你只管按住右边吧，"她说，"我按着左边。"要是洛马斯突然醒过来，肯定会下意识地把她掀翻。她是个娇小的女人，平日里就常常大声惊叹自己竟能生出如此"巨大"的孩子。

"没关系，"我说着按住了男人的双肩，"我能行。"她稍稍退开，还是有些犹豫。

"别担心，"我对她说，"我不会给你丢脸的。别在这儿看着了。"

她迟疑地望着我，少有地摸了摸我的脸，之后终于退回了自己的卧室。

提·嘉泰如释重负地垂下头。"谢谢你，甘恩，"她彬彬有礼，更像人族，而不是提里克人，"你母亲……她总能从我这儿自找难受。"

洛马斯呻吟起来，费力地呼吸着。我真希望他不要清醒过来。提·嘉泰凑近他的脸，让他把视线集中在自己身上。

"我已经蜇了你一下，但是不敢太重，"她对他说，"等完事了我再蜇一下，你就能睡过去，不觉得疼了。"

"再等等……"那人央求道，"求求你，再等等。"

"来不及了，布拉姆。一结束我就会蜇你。等提·库姬德来了会给你一些卵，你就能恢复了。很快就会过去的。"

"提·库姬德！"他叫唤着，使劲儿地拽着我的手。

"她马上就到，布拉姆。"提·嘉泰瞥了我一眼，一只利爪轻轻地抵住了他的腹部——中间微偏，左侧最后一根肋骨下面。他右侧的身体有了变化——很细微，仿佛在他棕色的肉体内随机地游移着某种悸动，这里凹一下、那里凸一下的，一下下地重复着，次数多了，我便看出了它的节奏，能猜到下一次悸动出现在哪里。

洛马斯的整个身体变得僵硬紧绷，提·嘉泰只是用利爪扶着他，身体的末端缠绕着他的双腿。他或许能甩开我的手，但肯定逃不开她的束缚。她用他的裤子绑住他的双手，高高推起，掀过头顶，然后让我跪着压住裤子，箍紧固定。他无助地哭泣，但紧接着她就卷起了他的衬衫，塞进了他的嘴里。

而后，她将他开膛破肚。

第一道口子划开的时候他强烈地抽搐起来，差点儿从我的膝下挣脱。他发出的声音……我闻所未闻，简直不像人族的声音。提·嘉泰充耳不闻，只管继续向下、向深处切割，并且时不时地停下来舔掉血液。她唾液中的化学成分起了作用，他的血管收缩了，出血速度减慢了。

我感觉自己是在帮她折磨他、毁灭他。我明明忍不住想吐，却不知为什么没有吐出来。我绝对坚持不到她完成整个流程。

她找到了第一只幼虫。幼虫很肥，身子内外都涨满、沾满了他殷红的血。它已经吃掉了自己的卵鞘，但显然还没开始朝育体下嘴。在这个阶段，除了自己的母虫，它不管什么肉都吃。而且，它还会释出毒素，让洛马斯难受但无法麻木。幼虫迟早会啃噬育体。等育体的血肉被朵颐殆尽，洛马斯也离死不远了——再也无法向谋害自己的东西复仇。不过，从育体出现消耗病弱的症状到幼虫真正开始喝血吞肉，还宽限出一段时间。

提·嘉泰小心翼翼地拎起幼虫看了看，根本没有理会洛马斯的痛苦呻吟。

突然，男人再次陷入了昏迷。

"行吧，"她低头看着他，冷漠地说，"真希望你们人族也能想昏就昏、想醒就醒。"至于她拎着的东西……

它还没有长出足和骨骼，大概十五厘米长、两厘米宽，没有视力，黏糊糊地沾着血，就像一条硕大的蠕虫。提·嘉泰把它放在那头阿氏狄的肚子上，它立刻就钻了进去。只要还有一口吃的，它就会趴在那儿咀嚼不停。

她在洛马斯的血肉间翻找，又找到两只幼虫，一只比较小，却更有活力。"是雄性！"她高兴地说道。他会死在我前头。在姐姐妹妹们还没长出足的时候，他就已经度过了变态期，并且会抓住一切机会繁衍。当提·嘉泰把他放到阿氏狄肚子上时，只有他一个劲儿地想咬她。

洛马斯的身体里渐渐钻出了一些浅色的肉虫。我闭上了眼睛。这比看到腐败尸体上爬满细小的蛆还要恶心。看图示和图片的感受根本不能及此万一。

"哎哟，还有呢。"提·嘉泰说着又拽出两只粗长的幼虫。"甘恩，你可能得再宰一头动物。你们人族的身子真是寄生的好地方。"

长这么大，我听到的从来都是：这是好事，是必要的，是提里克族和人族的双赢——是诞育生命的一种形式。我到现在仍然深信不疑。我知道无论如何生育都是痛苦的、血腥的。可眼下的这一切，似乎是另一回事。更恶劣的事。我还没有做好亲眼一见的准备。或许我永远也准备不好。然而，我不能当作没看见。就算闭上眼睛也无济于事。

提·嘉泰发现一只幼虫正在吃自己的卵鞘。残余的卵鞘还连着吸管、刺钩[1]之类的东西，挂在育体的血管上。幼虫就是这样寄附在育体体内并攫取养分的。在孵化之前，它们只吸食血液，而后开始吞食富有弹性的卵鞘，最后便轮到育体。

提·嘉泰叼走卵鞘，舔掉了残血。她竟然喜欢那种味道？幼年的习性很难改变吗？还是根本就不会改变？

这整个过程都很不对劲，陌生且怪异。我从未想过她在某个层面上与我如此不同。

"我看应该还有一只，"她说，"或许是两只。真是一大家子

1　参考昆虫学概念，"吸管"通常指成虫的虹吸式口器，"刺钩"在昆虫幼年时就具备了。

啊。用动物做育体的时候，能保住一两只活的就相当不错了。"她瞟了我一眼，"甘恩，出去，吐干净。趁他还没醒，赶紧去。"

我踉踉跄跄地冲出门，差点儿瘫倒。在大门外的那棵树下，我搜肠刮肚地吐了个干干净净。我站在那儿，浑身发抖，泪流满面。我不知道自己为什么会哭，但就是怎么也止不住。我走得远了些，免得被瞧见。只要闭上眼睛，就能看见红艳的虫子在更红艳的人族血肉上爬来爬去。

一辆轿车驶来，靠近了我们的房子。除了某些特定的农业设备，人族是严禁使用机动车辆的，所以我想来者肯定是照管洛马斯的提里克人——奎伊，也许还跟着一位人族医生。我用衬衫擦了擦脸，竭力控制着自己的举止。

"甘恩，"车一停下奎伊就喊道，"怎么样了？"他从便于提里克人出入的低矮圆形车门里钻出来。车厢另一侧也钻出一个人，没跟我说一个字就往屋里走。是医生。有了他，再加上几枚卵，洛马斯说不定能挺过去。

"提·库姬德呢？"我问。

驾车的提里克人几乎是从车里流淌出来一样，她挺起半截身子来到我跟前。她比提·嘉泰个头小、颜色浅——也许是因为她诞生于动物育体。由人族育体诞育的提里克人通常更壮实，数量也更多。

"六只幼虫，"我告诉她，"也许还有第七只。都活着。至少有一只是雄性。"

"洛马斯怎么样？"她急切地问道。她这个问题和询问时关

切的语气让我有了些好感。洛马斯昏死之前，最后说出来的就
是她的名字。

"他还活着。"我说。

她没再说话，径直往屋里走去。

"她很虚弱，"哥哥望着她的背影说，"我打电话时，听见有
人阻拦她，说即便是为了这种事，她也不该专门跑一趟。"

我没接茬儿。我已经对提里克人足够以礼相待了，此刻再
也不想开口。我希望奎伊赶紧进去——哪怕只是因为好奇也行。

"这下就算你不想知道，也全都知道了吧，嗯？"

我看着他。

"别用她那种眼神看我，"他说，"你不是她。你只是她的
财产。"

她那种眼神。我现在都有能耐模仿她的眼神了？

"你怎么了？吐了？"他闻了闻四周的气味，"现在明白将
来要遭什么罪了？"

我躲开他。小时候我和他很亲密。我在家时，他就任由
我跟在身后团团转，提·嘉泰带我进城时，我也会带上他一起
去。然而他进入青春期之后，似乎发生了什么。我一直都不知
道。他开始回避提·嘉泰。他试图离家出逃——最终发觉，其
实根本无路可逃。在人族保护区里如此。在外面，当然更是如
此。在那之后他便只盯着自己的那份卵，只盯着我——他明显
地表露出，只要我好好的，他就能安全这层意思——这只会让
我恨他。

"到底怎么回事？"他追着我问道。

"我杀了一头阿氏狄。幼虫把它吃了。"

"你跑出来大吐特吐总不会是因为幼虫吃了阿氏狄吧。"

"我……我从来没有亲眼见过一个人被开膛破肚。"我说的是实话，对他来说这样解释也够了。我不能深谈其他的。不能跟他谈。

"哦。"他看着我，好像还想说些什么，但最终沉默了。

我们漫无目的地走着。走向屋后，走向畜笼，走向田野。

"他有没有说什么？"奎伊问，"我是指洛马斯。"

不然还能指谁呢？"他说了'提·库姬德'。"

奎伊哆哆嗦嗦地说："要是她也对我做了那种事，我最后呼唤的人也会是她。"

"是该呼唤她。让她蜇一下就能减轻痛苦，而且她又不会杀死你体内的幼虫。"

"你以为我在乎它们是死是活？"

是啊。他当然不在乎。那我呢，我在乎吗？

"妈的！"他深吸一口气，"我见识过它们有多厉害。你觉得洛马斯这样惨不惨？其实还有比他更惨的。"

我没有争辩。他根本不知道自己在说什么。

"我曾看见它们吃掉一个男人。"他说。

我扭脸看着他："你撒谎！"

"我曾看见它们吃掉一个男人。"他顿了顿，继续讲下去，"当时我还很小。那天，我去了哈特穆那儿，回家的时候，就在半路上，我撞见一个男人和一个提里克人。那个男的是个人族育体。四周都是山路，我就躲起来偷看。那个提里克人不肯剖开男人的肚子，因为她手边没有东西可以喂幼虫。男人走不动了，附近也没处歇脚。他痛苦至极，让她干脆杀了自己。他苦苦哀求，宁愿一死。最后她答应了。她割断了他的喉咙。利爪轻轻一划。我看见幼虫咬穿了他的身体，自己钻出来了，然后又扎进去大吃特吃。不停地吃。"

他的话让我的眼前再次浮现出洛马斯的身体，幼虫寄生，爬进爬出。"你怎么没跟我说呢？"我轻声道。

他吓了一跳，好像早就忘了还有我这个听众。"不知道。"

"所以在那之后你就想逃走，是吗？"

"是啊。多蠢哪。在保护区里逃跑。在牢笼里逃跑。"

我摇摇头，说出了早就应该告诉他的话："她不会选你的，奎伊。你不用担心。"

"她会的……要是你有什么问题，她会的。"

"不，她会选春禾。阿禾她……她愿意。"要是她留在屋里目睹洛马斯遭受的一切，就不会这么想了。

"她们不用女的。"他轻蔑地说。

"有时候也用。"我看了他一眼，"其实，她们更喜欢女人。她们聊天时你真该凑近些听听。她们说女人的身体里脂肪更多，能更好地保护幼虫。但通常她们还是选择男人，把女人留下，让她们去养育自己的人族后代。"

"不过是储备下一代肉身的育体罢了。"他说，轻蔑变成了苦涩。

"不止如此啊！"我反驳道。难道不是吗？

"如果发生在我身上，我也情愿相信它'不止如此'。"

"就是不止如此！"我感觉自己像个小孩，傻乎乎地争辩不休。

"提·嘉泰从那人肚子里掏虫子时你也这么想？"

"本来不会这么惨的。"

"本来就是这么惨的。只是不该让你看见，仅此而已。应该是他自己的提里克主子动手。她会把他蜇晕，过程就不会这么痛苦。但她还是得切开他的肚子，把幼虫拿出来。要是落下一只，幼虫就会毒死他，然后从里到外吃个干净。"

妈妈曾经提醒过我，让我尊重他，因为他是我哥哥。我走开了，心里恨着他。他这是幸灾乐祸，以他的方式。他安全了，而我前途未卜。我完全可以揍他一顿，但一想到他可能拒绝还手，还要以轻蔑而怜悯的眼神看我，我就承受不了。

他不肯放过我，迈着两条长腿越到前头去，好像我反倒是跟在后头的那一个。

"对不起。"他说。

我大步往前走，厌恶而愤怒。

"想开点，你可能不会那么惨。提·嘉泰挺喜欢你的。她会当心些的。"

我掉头往房子那儿走，急切地躲着他，几乎要跑起来。

"她已经对你做那件事了吗？"他轻松地追上我，问道，"我是说，你的年纪差不多可以植入虫卵了，她有没有——"

我一拳擂向他。我没想到自己会这么做，那一刻我恨不得杀了他。如果不是他比我年长、比我强壮，我真的会杀了他。

他本想制住我，最后还是不得已还了手。他只打了我几下，但这已经够我受的了。我不记得自己是怎么倒下的，醒来时他已经走了。只要能摆脱他，挨打受疼也值得。

我站起来，慢慢地折回房子那儿。后头一片漆黑。厨房里没人。妈妈和姐姐妹妹都在卧室里睡觉——或者假装睡觉。

我一走进厨房就听见了说话的声音——在隔壁，提里克人和人族。我听不清他们在说什么——也不想弄清。

我在妈妈的桌子旁边坐下，等着四周归于安静。这张桌子平整光滑，颇有年头，沉甸甸的，而且做工精良。是爸爸去世前为妈妈做的。记得他干活儿时我就跟在他脚边转悠，但他一点儿也不在意。此刻我就倚着这张桌子，怀念着他。我本来可以跟他谈谈。在他漫长的生命中，那件事发生了三次。三次植入虫卵，三次剖开肚腹，三次缝合复原。他怎么受得了的？怎么有人受得了呢？

我站起来，从隐蔽处取出那支步枪，拿着它坐下。该给它清理一番、上上油了。

而我只是装上了子弹。

"甘恩？"

她走在硬质地板上，那些足此起彼伏地落地，发出噼啪噼啪的声音。一动一响，漫涌而来。

她走到桌前，挺起上半截身子，整个伏了上去。有时候她动起来非常灵巧流畅，就像一摊水。她把身子盘起来，仿佛一座小山似的堆在桌子中央，看着我。

"真糟糕，"她轻声说，"不该让你看见这些。其实不一定都这么惨烈。"

"我知道。"

"提·库姬德——现在是苛·库姬德[1]了——她就要死了，死于提里克人的固有规律。她抚养不了自己的孩子了，不过她的姐妹会照顾他们的，也会继续照管布拉姆·洛马斯。"是那个不生育的姐妹。每个人族育体都搭配一对提里克姐妹，一个负责生育，一个维系家庭。那对姐妹亏欠洛马斯的永远也还不清。

"他能活下去？"

"能。"

"他会不会再来一遭呢？"

"只要没人要求，他就不用再来一次。"

我直视着她黄色的眼睛，不知道自己能从中看见多少、看懂多少，又有多少只是出于想象。"谁也没问过我们的意愿，"我说，"你也从没问过我。"

她微微歪头："你的脸怎么了？"

"没事。没什么大事。"人族的眼睛不可能在黑暗中看见这

---

1 原文为"T'Khotgif"和"Ch'Khotgif"，"Ch"这一前缀暗示"完结""终结""濒死""死亡"。

种肿胀。仅有的光源来自窗外，众多月亮中的一个正幽幽地发着光。

"你就是用这支步枪打死阿氏狄的吗？"

"对。"

"你打算用它打死我吗？"

我凝望着她，月光勾勒出她的轮廓——盘曲婀娜，优雅美丽。"人族的血是什么味道？"

她没回答。

"你是什么？"我喃喃道，"我们对你来说，是什么？"

她静静地卧着，头搭在盘起来的身子上面。"你比别人更了解我，"她柔声说，"你必须做出决定。"

"所以我的脸就这样了。"我说。

"怎么？"

"奎伊逼着我做决定。结果不太顺当。"我轻轻挪动步枪，将枪筒斜着抵住了自己的下巴，"至少这是决定的选项之一。"

"确实。"

"你就不问问吗，嘉泰？"

"为我孩子的性命而问？"

她一向会说这种话。她知道怎样周旋摆布，不论人族或提里克族。但这次没用。

"我不想成为肉身育体，"我说，"哪怕是你的，我也不愿意。"

她等了好久才回答我。"如今我们几乎不使用动物育体了，"她说，"你很清楚。"

"你们使用我们人族。"

"是的。我们等了很久很久，等你们出现，等你们受教，等你们的家庭和我们的家庭融为一体。"她不自在地动了动，"你知道，我们从来没有把你们当作动物。"

我看着她，没有说话。

"在很久很久以前，在你们的祖先到来之前，我们的卵在植入动物育体后，总是大量死去。"她轻轻地说，"这些事你都知道，甘恩。因为你们人族的到来，我们才重新认识了什么叫健康、兴旺的族类。你们的祖先背井离乡，本是为了逃离同族的杀戮和奴役，他们之所以能活下来，都是因为我们。我们把他们当作自己人，给他们建起了保护区，可他们却还是将我们视作虫子，恨不得杀了我们才好。"

"虫子"二字震得我一哆嗦。我完全是下意识的，她没法儿不察觉。

"我懂了，"她平静地说道，"你真的宁死也不愿生育我的后代吗，甘恩？"

我没有回答。

"那我去找春禾了？"

"好！"阿禾愿意。就遂她所愿吧。她没看见洛马斯的遭遇。她会很自豪的……不会害怕。

提·嘉泰从桌子上滑落到地板上，我一下子就慌了神。

"今晚我会睡在春禾的房间里，"她说，"今夜或明早，我就跟她说清楚。"

情况急转直下。姐姐阿禾将我带大，几乎像妈妈一样。我们仍然很亲密——不同于奎伊。她能够在追求提·嘉泰的同时仍然疼爱我。

"等等！嘉泰！"

她回过头看了看，伏在地上的身子挺起一半，一张脸逼近了我。"这是成年人之间的事，甘恩。这是我的生活，我的家庭！"

"可她是……我的姐姐。"

"你要求的事我已经照办了。我问过你了！"

"可是——"

"春禾不会这么为难。她一直期待着孕育新的生命。"

是人类的生命。是人族的婴儿。是吸吮乳汁而非血液的后代。

我摇了摇头。"别对她那么做，嘉泰。"我不是奎伊。似乎我也可以成为他那样的人，不费吹灰之力。把春禾当作挡箭牌。殷红的虫子长在她的而不是我的血肉里，难道就能让我好受些吗？

"别对她那么做。"我重复道。

她盯着我，一动不动。

我望向别处，后背对着她："让我来吧。"

我放下了抵着下巴的枪。她俯身上前，要接过去。

"别。"我求她。

"这是法律。"她说。

"留给我的家人吧。也许某天某人会用它救我一命。"

她抓住了枪筒，但我没有松手。拉扯间我站起身，高高地俯视着她。

"把枪留下！"我说，"如果你不拿我们当动物，如果这是成年人之间的事，那就接受风险。与伴侣相处就是有风险的，嘉泰！"

对她来说，放下步枪显然很难。寒战掠过全身，她喵喵出声，痛苦至极。我突然意识到她这是害怕了。以她的年纪，必定见识过枪的杀伤力。现在，她的后代将与这支枪共处一室。她不知道这座房子里还有别的枪。在这场较量中，其他枪不重要。

"我今晚就要植入第一枚卵，"我把枪拿走时她说道，"听见了吗，甘恩？"

不然凭什么只有我能独享一枚完整的卵，而其他家人只能分享一枚？不然妈妈为什么总是望着我，好像我就要离开她，到她无法追随的地方去？难道提·嘉泰以为我仍然什么也不知道？

"听见了。"

"现在就去！"我任由她将我推出厨房，走向我的卧室。她声音里突如其来的急迫听起来很真切。"今晚你不是要选阿禾吗？"我讥讽道。

"反正就在今晚，是谁都行。"

我不顾她的急切，停下来拦住了她。"你在乎对方是谁吗？"

她绕过我，进了我的卧室。我进门时，她已经在我们常躺的那张卧榻上等着了。阿禾的屋子里没有她可用的陈设。她真要对阿禾做什么，就只能在地板上。我一想到她可能那样对待阿禾，思绪就全乱了，但和刚才的感觉不一样。我突然觉得很气愤。

然而，我还是脱下衣服，在她身边躺下。我知道该做什么、会发生什么。我从生下来就浸润在这些描述里。我感觉到了熟悉的刺痛，浑身发麻，隐隐地有种快感。她的产卵管到处试探。刺穿的那一下一点儿也不疼，不难受。进入得简单顺利。她的身子抵着我，像波浪似的起伏着，肌肉收缩舒张，将卵推出她的身体，推进我的身体。我抓住了她的一对足，蓦然想起洛马斯之前也是这样抓着她。我松了手，不经意地一动，弄疼了她。她难受地低声呻吟，我还以为她会立刻拢起几只足，像笼子似的将我围起。但她没有。我再次抓住了她，心里莫名有些愧疚。

"对不起。"我轻声道。

她伸出四只足摸摸我的肩膀。

"你在乎吗？"我问，"你在乎对方是我吗？"

她一时没有回答，过了很久才终于说道："今晚，做选择的是你，甘恩。我的选择很久以前就定下了。"

"不然你就要去阿禾那儿吗？"

"对。我怎么能将孩子交给恨他们的人养育？"

"那不是……恨。"

"我知道那是什么。"

"我是害怕。"

沉默。

"我现在还是害怕。"现在,我终于可以向她坦陈了。

"可你还是答应了我……为了保护阿禾。"

"是啊。"我的额头倚着她的身体。她身上凉凉的,像天鹅绒一样,柔软得令人迷乱。"也是为了我自己留住你。"我说。这是真的。虽然我也不理解,但确实如此。

她欣慰地轻哼一声。"我刚才竟然误解了你,真是不可思议,"她说,"你小时候我选择了你。我相信你长大以后也会选择我。"

"本来是……可是……"

"因为洛马斯?"

"对。"

"我还没见过哪个人族目睹了整个诞育过程还能心平气和。奎伊见过,是吧?"

"是。"

"应该保护好人族,免得他们看见这些。"

我不喜欢这种论调——并且疑心她们可能真会那么干。"不要保护,"我说,"要展示。展示给我们看,从小时候起,多看几次。嘉泰,人族从来没有见过顺利的诞育过程。我们见到的只有人族育体——痛苦、恐惧、可能送命。"

她垂着头看我:"那是私密之事。一直都是私密之事。"

她的语气让我不敢再坚持——我听出来了,一旦她改变主意,第一个成为公开展品的可能是我。然而,我已经将这个念头埋进了她的思绪。念头可能会悄悄生长，最终让她付诸行动。

"不准你再看了，"她说，"不能让你总想着开枪打死我。"

和卵一起进入我的体内的少量液体让我彻底放松下来，就像享用了无精卵似的。于是，我记起了曾经握在手里的步枪，还有恐惧、厌恶、愤怒、绝望的感觉。我不用重新体验一遍就能记起那些感觉，还能描述谈论。

"我没打算朝你开枪，"我说，"不是你。"她诞育于我父亲的血肉间，当时，父亲和现在的我一个年纪。

"还是有那个可能的。"她坚持道。

"不是你。"她站在我们和她们的族群之间，保护着，弥合着。

"你是要伤害自己吗？"

我小心地动了动，很不自在。"我本来是那么想的。差一点就做到了。那其实就是奎伊所谓的'逃离'。也不知道他懂不懂。"

"懂什么？"

我没有回答。

"现在你决心活下去了。"

"是的。"照顾好她，妈妈总是这么说。好的。

"我健康而年轻，"她说，"我不会让你像洛马斯那样遭罪的——孤苦无依，只是当个人族育体。我会照顾好你的。"

后 记

　　有人认为《血孩子》是个鞭挞奴隶制度的故事，这让我很惊讶。不是的。不过它确实包含了很多。从某个层面上说，它写的是不同族群之间的爱。换个角度，它又是个成长故事——男孩必须吸收消化令人不安的信息，然后做出影响他余生的决定。

　　而第三种解读，即《血孩子》是关于"男性怀孕"的故事。我一直想要探讨：当男性处于绝不可能的位置上会是什么感觉。我是否可以写这样一个故事：不是因为好胜心用错了地方、非得证明女人能做的男人也行，也不是因为被逼无奈，甚至不是因为好奇，但这个男人就是选择了受孕怀胎。我想看看能否写出一个戏剧性的故事，写一个男人因爱而怀孕——固然周遭困难重重，但怀孕这个选择，是他自己做出的。

　　此外，我写《血孩子》是为了缓解自己长久以来的一种恐惧。我去秘鲁亚马孙地区采风、为"莉莉丝的孩子"系列（《破晓》《成年礼》《成熟》）做准备时，有些忌惮当地的昆虫。尤其是马蝇——在我看来，它们简直就像恐怖电影。而我打算造访的那个地区，最不缺的就是马蝇及蝇蛆。

　　马蝇叮咬其他昆虫，然后在它们的伤口里产卵。我由此联想开，想到蛆在我的皮肤底下存活、生长、吞食我的血肉，越想越觉得难以忍受，可怕至极。万一这种事真的发生在我身上，可怎么受得了。更糟的是，我所听到的、读到的都是建议马蝇受害者不要急于动手除掉蛆，而是等回到美国再去就医——或是静待蝇蛆度过幼虫阶段，爬出宿主的身体，自己飞走。

把蛆挤出来扔掉，看似正常的举动，其实很容易引起感染。蛆是真的"宿"在宿主身体里，如果被挤烂、切断，那么它的一部分就会留在原处，引发感染。厉害吧。

像马蝇这样一直困扰我的事，我应对的方式就是把它写下来。我通过写作解决自己的难题。1963 年 11 月 22 日，在一所高中的教室里，我抓起本子，写下对肯尼迪遇刺事件的感受。无论是写日记、散文、短篇故事，还是将难题融入小说，写作总能帮我克服困难，让生活继续下去。创作《血孩子》并没有让我喜欢上马蝇，但在那段时间，它们确实更有意思了，而不是可怕吓人。

《血孩子》还做了另一个尝试。我想表达"支付租金"的主题——在太阳系外适宜居住的某处，人类孤立地聚居。往好处说，他们可能永远也找不着外援。这个故事不是什么太空中的大英帝国，也不是《星际迷航》那一类。人类迟早得与他们的——呃，主人——达成某种和解。这可能会成为某种特别的"借宿"。在那个不属于人类的世界，如果能谋得一片居处，谁知道人类会拿什么东西来换呢？

黄昏、清晨、夜晚

The Evening and the Morning and the Night

本篇获 1987 年星云奖最佳短中篇小说奖提名，获 1987 年科幻纪事读者奖。
最早刊登于科幻杂志《全方位》（*Omni*，1987.5），
很快重版于《年度最佳科幻小说》（第五版）（1987）。
——编者注

十五岁时，为了彰显独立自主，我故意不再节制饮食。父母把我带到杜里埃 - 戈德综合征监护中心。他们说这是想让我看看，再这么放纵下去会走上何种不归路。其实，不管是节制还是放纵，路的方向已经定死。区别无非是：现在或以后。而我父母的选择是：以后。

监护中心什么样我就不描述了，反正他们带我回家之后，我就割腕了。我没留余地，试图以古老的罗马风格在浴缸的热水里了结自己。我差一点儿就成功了。父亲撞开了浴室的门，撞得肩膀都脱臼了。因为那天的事，我们一直没有原谅对方。差不多三年后，就在我上大学之前，那种病夺去了他的生命。他发病很急，和常见的病程不一样。大部分人都是由自己发现——或者由亲戚朋友发现——精神日渐恍惚，然后挑选监护机构，安排后事。出现类似症状但拒绝住院的人会被关起来，观察一个星期。毫无疑问，拜这段观察期所赐，有些家庭分崩离析。因为认错了症状就把人送走……嗯，对那些倒霉蛋来说，这可不是能够轻易原谅或遗忘的事。而另一部分，没有及时隔离——未能发现症状，或是毫无征兆地突然去世——对病人和家属来说无疑也是巨大的风险。不过，我还从未听说过有比我家更惨烈的情况，毕竟当那一天临近时，患者通常只伤害自己——除非有的患者家属蠢到离谱，没有必要的药物和约束措施就去照顾他们。

我父亲杀了我母亲，然后自杀了。出事时我不在家。我在学校彩排毕业典礼，走得比平时晚。等我赶回家时，已经到处都是警察了。门口停着一辆救护车，两名护理员正把担架推出来——人被盖住了。不只是盖住，几乎是……兜起来。

警察不准我进去。我一直蒙着，后来才弄清到底发生了什么。其实我宁愿永远不知道。父亲杀死了母亲，剥下了她全身的皮肤。至少我希望是这个顺序。我是说，我希望她在被虐待之前已经失去意识了，因为他还砍折了她的肋骨，刺伤了她的心脏，很深。

而后他劈向自己，穿皮刮骨，又戳又凿。临死前，他终于摸到了自己的心脏。这是个特别恶劣的案例，人们因此更加惧怕我们。挑痘痘或仅仅是发呆这样的动作都可能给我们带来麻烦。这一惨剧催生了限制性的法律，就业、住房、入学……各种各样的难题层出不穷。杜里埃-戈德综合征关怀基金会狠砸了几百万来安抚全世界，说不存在我父亲那样的病人。

很久之后，我拼尽全力振作起来，上了大学——南加利福尼亚大学，用的是"迪尔格"奖学金。迪尔格是家疗养院，专门接收发病失控的杜里埃-戈德综合征患者，而运营者正是病况平稳、能够自控的杜-戈患者，比如我，还有我父母——在他们还活着的时候。天知道那些病友是怎么承受得住的。反正那地方的排队名单足有几英里长。我自杀未遂后，父母也给我排上队了，但估计轮到我时，我早就死了。

我说不出为什么要上大学，我从小到大都在上学，因为除了上学，我不知道还能干什么。我不抱任何特别的目的。毁灭吧，我最终的结局是明摆着的，只是倒计时罢了。不论我做什么都是数日子，既然有人愿意出钱让我上学，为什么不去？

诡异的是，我很努力，成绩优异。看来，只要在无关紧要的事上全力以赴，就可以暂时把重要的事抛在脑后。

有时候我会再次想到自杀。十五岁时敢于尝试的事，如今怎么不行了呢？父亲和母亲都是杜 - 戈患者——虔诚信教，反对堕胎，也反对自杀。于是他们相信神灵，相信现代医学的承诺，生下了一个孩子。可我又该如何看待发生在他们身上的惨剧，如何寄托信仰？

我主修生物学。没病的人总喜欢说正是杜 - 戈让我们天赋异禀、擅长科研——遗传学、分子生物学、生物化学……这种言论是很恐怖的。恐怖，且令人窒息绝望。有些病人在发病失控前就破罐子破摔，变得很有攻击性了。不错，我们实际闯的祸要多于统计数据。好转的病人也有——备受瞩目，创造了科学和医学的历史。至少，后者为其他病友拉开了一条希望的门缝。他们有了遗传学上的新发现，为某些罕见病找到了治疗方法，为某些不怎么罕见的疾病（颇为讽刺地包括数种癌症）研发了新的疗法，却偏偏在医治自己这方面束手无策。除调整饮食疗法之外再无进展，而那已是我出生之前的事。这些微末的进展和最初的饮食疗法一样，让更多的杜 - 戈患者有了生儿育女的勇气。人们以为这些疗法就像胰岛素之于糖尿病，能帮助我们维持近乎正常的寿命。或许对某些人真的有用吧，反正我认识的病友里没一个受益于此。

在生物学院的日子和我从小到大的遭遇没什么区别。我早已不在公共场合吃东西了。我不喜欢人们神色复杂地盯着我的饼干看——在我就读过的每一所学校里，那些人都自诩诙谐地称之为"狗饼干"。我还以为大学生能更有创意呢。我也讨厌人们一看见我的徽章就避之不及的模样。我开始用链子把它戴在脖子上，塞进衬衫里，可要是有人多心，终归是藏不住的。不在公共场合吃东西的人、只喝白开水的人、绝对不抽烟的人——都是可疑的人。更确切地说，这种人会让别人产生怀疑。迟早会有人注意到我露出的手指和手腕，会有人假装对我的项链颇感兴趣。然后就没然后了。我又不能把徽章藏在钱包里。要是我真出了什么事，医护人员必须及时看到它，免得给我误用普通人的药物。除不能正常饮食外，医师的案头参考资料里大约四分之一的常用药物我们都不能用。时不时就能听到病人不肯佩戴徽章的新闻——可能是只想普普通通地死去吧，但要不了多久就会出事，等发觉不对劲的时候，已经晚了。所以我还是戴着徽章，不管怎样，别人看见了或者听说了，心里就能有个谱。"她是那种病！"没错。

大三刚开学时，我和另外四位杜 - 戈病友决定合租一套房子。我们都受够了一天二十四小时被人当作麻风病人的感觉。四人中有一位主修英语。他想当作家，描绘我们这些人的心路历程。这个主题大概有三四十人写过吧。另一位主修特殊教育，她希望残疾人比健全人更愿意接受她。此外还有一位立志投身科研的医学预科生和一位没想好到底要做什么的化学专业的学生。

两个男生，三个女生。我们仅有的共同之处就是罹患了同一种疾病，以及某种诡异的特征：对碰巧在做的事情偏执地全身心投入，对除此之外的事情绝望得愤世嫉俗。健康人总说杜 - 戈患者的专注力无与伦比，因为健康人把所有时间都花在了愚蠢的世俗琐事上，注意力持续不了多久。

我们各干各的，偶尔一起出去透透气，吃饼干，上课。仅有的难题是打扫房间。我们定了一份时间表，分配好谁在什么时间打扫什么地方，谁负责打理院子，诸如此类。大家一致赞同，可是除了我，其他人似乎立刻就忘光了。我不想自己当女仆，也不愿在脏兮兮的地方凑合住着，于是我就不停地提醒他们，该吸尘啦，该清理浴室啦，该修剪草坪啦……我以为他们很快就会讨厌我，然而，没有人抱怨，一点儿不满都没有。他们只是先丢下让人头晕目眩的学术课题，去打扫、拖地、割草……然后回去继续。渐渐地，傍晚跑来跑去提醒大家就成了我的习惯。既然他们不烦，那我也不烦。

"你怎么成宿管阿姨了？"一位来串门的杜 - 戈病友问我。

我耸耸肩："这有什么？住得舒心就行啊。"确实。我们这儿太舒心了，这人也想搬过来住。他是一位舍友的朋友，也是医学预科生。长得还不赖。

"所以，我可以搬进来吗？"他问。

"就我个人而言，可以。"我说。然后我替他的朋友出面——介绍大家认识，等他走了，再逐个儿和舍友们谈谈，以确保没有人反对。他似乎挺合群，也像其他人那样，总是忘记打扫厕所、修剪草坪什么的。他叫艾伦·齐[1]。我以为"齐"是个中国姓氏，但他告诉我，他的父亲是尼日利亚人，在伊博族[2]文化里，这个词的意思是"守护天使"或"守护神"。他说他的守护神没能守护好他，让他投胎于杜-戈患者的家庭，遗传了这种病。

我认为最初让我们走到一起的原因并非同病相怜，我承认，我喜欢他的外表。以前我也曾因为外表而动心，可那位帅哥一发现我的身份就像见鬼一样逃走了。当然，艾伦没跑，为此我还适应了一阵子。

我跟他讲了十五岁时参观杜-戈监护中心的经历，还有在那之后的自杀未遂。我从来没跟别人提起过这些。向他倾诉后我如释重负，这让我很是惊讶。他听了倒并不意外。

"你没再试过吗？为什么？"他问。客厅里只有我俩。

"因为父母，"我说，"尤其是我父亲。我不能再那样伤害他。"

"他不在之后呢？"

"因为恐惧。还有惰性。"

他点点头，说："如果是我，绝不会留任何余地。没人能救

1　原文为"Alan Chi"。
2　西非主要黑人种族之一，主要分布于尼日利亚东南尼日尔河河口地区及喀麦隆。

活我，我也不会在医院里醒来。"

"你也想过？"

"意识到自己开始恍惚的那天，就是我动手的时候。还好会有些征兆，感谢上帝。"

"没必要那么做。"

"不，有必要。我读了很多资料，也跟不少医生聊过。别再相信没病的人编出来的瞎话了。"

我挪开视线，盯着那个布满刮痕、空空如也的壁炉。我向他详细讲述了父亲去世的经过，以及从未主动告诉过别人的细节。

他惊叹道："天哪！"

我们望着彼此。

"你以后有什么打算？"他问。

"不知道。"

他摊开古铜色的宽厚手掌，我将它握住，慢慢靠近。他是个黝黑而结实的男人，跟我差不多高，体重却是我的 1.5 倍，一丝多余的脂肪都没有。但他有时非常痛苦、愤怒，让我害怕。

"我母亲在我三岁时出现了神志恍惚的症状，"他说，"我父亲也只多挨了几个月。听说他入院没过几年就去世了。如果他俩还有点理智，应该在发现怀孕的时候就立刻把胎儿打掉。可我母亲不顾一切地想要个孩子，而且她是个天主教徒[1]。"他摇摇

---

1 天主教堕胎禁忌。天主教会对堕胎的禁忌与"十诫"中的第五条"毋杀人"有关。长期以来，教会认为，在胎儿形成生命之后若施行堕胎，与杀人没什么区别。——编者注

头，恨道，"他们真该立法，禁止我们这种人生育。"

"我们？"

"你想要孩子？"

"不想，可是——"

"在杜-戈病房里，有好多病友是嚼碎手指活活耗死的。"

"我不想要孩子，但我也不想由别人来告诉我不准生。"

他盯着我，直盯得我心里发虚，起了戒心。我挪开些，躲远了。

"难道怎样对待自己的身体这种事还要别人来指点？"

"用不着，"他说，"我年纪一到就已经把这问题解决了。"

我目瞪口呆。我也想过绝育的事。还有什么是杜-戈患者没想过的？可我从没听说哪个同龄病友真的付诸实施的。这就像杀死了自己的一部分——哪怕这部分不打算用了，也该等其他部分都快死掉时再处理吧。

"只要绝育，这该死的怪病就能随着一代人的消亡而绝迹，"他说，"可在繁殖这件事上，人还是会像动物一样，像小猫小狗一样，盲目而冲动。"

我冲动地想站起来离开，想任由他沉溺在自己的悲愤和绝望中。但我还是留下了。他似乎比我更缺少活下去的动力。我想知道他是怎样撑到今天的。

"你期待投身科研吗？"我旁敲侧击，"你相信自己能——"

"不。"

我惊讶极了。他丢过来的答案和语气是我从没听过的冰冷、死气沉沉。

"我什么也不相信。"他说。

我照顾他睡下。除了我自己，我认识的双亲遗传[1]的杜-戈患者只有他一个，如果没人管他，他可能就真的坚持不下去了。我不能眼睁睁地看着他沉沦。或许，我们可以暂时充当彼此活下去的理由。

他是个好学生。出于同样的原因，我也是。随着时间的推移，他身上的悲愤似乎淡了一些。和他相处让我明白，为什么两个杜-戈患者会抛弃一切理智认定对方，不离不弃，开始谈婚论嫁。除了彼此，还有谁能接受我们？

反正，我们也活不了太久。目前看来，大部分杜-戈患者能撑到四十岁。可其中大都不是双亲遗传的患者。艾伦那么聪明，却无法被医学院录取，因为他继承了父母双方的致病基因。谁也不会明着告诉他，是不好的基因让他出了局，但我们都很清楚，他机会渺茫。医生苗子当然要挑能活得长的，免得多年的培养派不上用场。

当年，艾伦的母亲被送进了迪尔格。艾伦在老家的时候没见过母亲，也没从爷爷奶奶那儿得到过关于她的任何消息。离家上大学之后，他就不再打听了。也许是因为听我讲了父母的往事，他又动了心思。拨通迪尔格疗养院的电话时，我就在他身边。直到那一刻，他都不知道母亲是生是死。令人惊讶的是，

1　指父母双方都是杜-戈患者的孩子。

她还活着。

"看来迪尔格很不错啊,"他挂断电话后我说,"病人通常都不……我的意思是……"

"是啊,我懂你的意思,"他说,"一旦失控,病人通常都不会坚持太久。迪尔格确实不太一样。"我们回到我的房间,他拉出一把椅子坐下,说道,"要是那些宣传材料可信,迪尔格可真堪称同类机构中的榜样了。"

"迪尔格规模很大,"我说,"它资金雄厚,可能善于募集公益善款,而且运营者都是些终将发病的病友。除此之外,还有什么不一样的地方?"

"我读过一些资料,"他说,"你应该也了解过。那儿有些新的疗法,不像其他机构,只是把病人关起来等死。"

"还能怎么治疗他们?治疗我们?"

"我也不清楚。据说好像有一种……庇护工场[1]。病人们都是有事可做的。"

"用新药来控制自残倾向吗?"

"不是吧。如果有新药,我们早就该听说了。"

"那还能有什么新疗法?"

"我想走一趟,眼见为实。你愿意跟我一起去吗?"

"你要去见你妈妈?"

他急促地一喘:"对。你愿意跟我一起去吗?"

1　原文为 "sheltered workshop",专业词,实施身心障碍者庇护性就业的一种模式。

我走到窗前，望向外面的杂草。后院的杂草我们没管，任由它们旺盛地生长。前院则打理得干干净净，连草坪都修剪了。

"我给你讲过我在杜 - 戈监护中心的经历。"

"你现在可不是十五岁的孩子。迪尔格也不是关动物的牢房。"

"它就是关动物的牢房，不管他们对外说得多好听。我不确定自己能不能承受。"

他站起来，走到我身旁："你愿意试一试吗？"

我没回答，只是盯着映在玻璃窗上的倒影——我们两个人，看起来很般配，感觉上也很合适。他的胳膊搂着我，我向后倚着他。我们走到一起，对我是有益的，对他也有好处。抛开恐惧和惰性，这也是让我活下去的动力。我知道我会跟他一起去。这么做是对的。

"不知道到了那儿我会作何反应。"我说。

"我也不知道我会何反应，"他说，"尤其是……见到她的时候。"

他预约了下个星期六的下午。除非政府督查什么的，否则任何人都得预约。这是迪尔格的规矩，从未遭受过质疑和惩罚。

星期六的清晨，我们冒着雨从洛杉矶出发了。雨断断续续地下，沿着海岸线，一路追着我们到了圣巴巴拉。迪尔格隐没在圣何塞附近的山里。我们走的是 5 号州际公路，本来应该很快就到，可因为没抱什么希望，下午一点钟才见到那两位全副武装的门卫。其中一位给主楼打了电话，核实我们的确有预约，另一位则要求代替艾伦驾车。

"抱歉了,"他说,"外人不能单独入内,必须有人陪同。向导会到车库去接你们。"

我毫不意外。迪尔格这种地方,除病人之外,很多工作人员也是杜-戈患者。连安全级别最高的监狱也不会有这么大的潜在危险。不过话说回来,我倒是从没听说过这里的哪位病友自残自毁。医院和康复中心会出意外,但迪尔格不会。这里很美,是一座古老的庄园。在赋税颇高的今天,这有些不合理。它曾属于迪尔格家族。石油、化工、医药都有他们的产业。讽刺的是,后人唾弃的赫宕制药公司也有一部分是他们的。他们凭借"赫宕"大赚了一笔快钱:"魔丸"。虽然能够治愈世界上大部分癌症和一些严重的病毒性疾病,但同时也是杜里埃-戈德综合征的诱因。如果你的父亲或母亲曾用过"赫宕"的药,然后怀孕生下了你,那么你就是杜-戈患者了。如果你又生了小孩,那么这个病同样也会遗传给他。发病的程度各有不同。并非所有病人都会自杀或杀人,但肯定会在一定程度上伤害自己。恍惚失神也是逃不掉的,如同飘进了自己的世界,不会再对外部环境做出反应。

反正,迪尔格家族那一代唯一的男丁理查德·迪尔格用"赫宕"救了命,却眼睁睁地看着自己的四个孩子因遗传病发作没了命。后来,肯尼斯·杜里埃和简·戈德二位医生弄清了此病的来龙去脉,给出了治标不治本的疗法:饮食疗法。理查德的另外两个小孩因此活了下来。于是,他将这座庞大繁复的庄园捐出来，用于杜 - 戈患者的疗养。

所以，疗养院的主楼便是那幢精致华美的老宅，周边较新的建筑，更像宾馆客房，而非此类机构。群山环绕，郁郁葱葱，一派乡野意趣，举目皆是绿色，海边也并不遥远。这里保留了旧有的车库，另有一片小小的停车场。在停车场等我们的，是一个上了年纪的高个子女人。门卫把车开到她旁边，让我们下去，然后开进还有一半空间的停车场。

"你们好，"女人伸出手，"我是比阿特丽斯·阿尔坎塔拉。"那只手冰凉、干燥，却出奇地有力气。我猜她应该也是个杜 - 戈患者，可她的年纪有些说不通。她看上去有六十来岁，而我还从没见过这么老的杜 - 戈病友。我也不知道为什么会这么猜。如果我猜中了，那么她肯定是个实验病例——杜 - 戈患者中的首批幸存者。

"我们该称您'医生'还是'女士'？"艾伦问。

"就是'比阿特丽斯'，"她说，"我是医生，但我们这儿不用这个称呼。"

我瞥了艾伦一眼，惊讶地发现他正冲着对方微笑。他向来难得一笑。我看了看比阿特丽斯，没看出有什么值得微笑的地方。我们互报姓名时我就知道自己不喜欢她。说不清为什么，感觉就是如此。我不喜欢她。

"你俩肯定都没来过这儿吧。"她垂头望着我们笑道。她至

少有六英尺 [1] 高，而且身板笔直。

我们摇摇头。"那么从前面走吧。我希望你们对这儿的情况有个心理准备，不要以为自己来参观的是一家医院。"

我望着她，皱了皱眉，心想，不是医院还能是什么。迪尔格固然号称"疗养院"，可名字是什么又有什么区别？

走近些看，主楼就像老式的公共建筑——高堂大厦，正面是巴洛克风格，三层楼上还矗立着一座带有拱顶的三层塔楼。塔楼左右各有一座侧楼，侧楼铺展开来，急转折向后方，深度足有宽度的两倍。正门很大，一对铸铁的，一对木头的。似乎都没有上锁。比阿特丽斯拉开铸铁门，推开木头门，示意我们进去。

里面就像一座艺术馆——宽敞阔大，屋顶很高，地上铺着瓷砖。大理石柱子静立着，壁龛里摆着雕塑或挂着油画。另有些雕塑错落地陈列在四周。房间的一端连着宽大的楼梯，可通往环绕的走廊，那儿还有更多的艺术品。"这些都是我们这儿的作品，"比阿特丽斯说，"有些直接就售出了。大部分作品销往旧金山湾区或洛杉矶附近的画廊。我们唯一的困扰就是，作品实在太多。"

"你是说，这些都是病人创作的？"我问。

这位上了年纪的女人点点头："除了这些还有好多呢。我们这儿的人有事可做，才不会伤害自己或望天发呆。其中一位发

1　1英尺≈0.305米。

明了保护这里的掌声锁。但我倒宁愿他没发明。我们不希望政府过多地关注这里。"

"那是什么锁？"我问。

"哦，抱歉。是掌纹 - 声纹双重锁。首创即最佳。我们已经获得了专利。"她看着艾伦问道："你想看看你母亲的作品吗？"

"先等一下，"艾伦说，"你是说，这些艺术品和发明创造，都出自那些无法自控的杜 - 戈患者之手？"

"还有那个锁，"我说，"我从来没听说过这种东西。甚至没看见这里有锁。"

"这是一项新发明，"她说，"有些新闻报道过。不过它不面向大众，不适合家用，太贵了，所以关注度有限。人们总是用'低能专家的努力'来评价迪尔格的产出。有趣，费解，没什么实际用途。对掌声锁感兴趣且买得起的人才会关注它。"她深吸一口气，再次面对艾伦："是的，没错，杜 - 戈患者能够创与造。至少在这里如此。"

"无法自控的杜 - 戈患者。"

"是的。"

"我本来以为他们只是编编篮子——能这样就已经相当不错了。我可知道杜 - 戈监护中心都是什么样子。"

"我也知道，"她说，"我了解他们在医院里是什么样子，也清楚这里的情况。"她挥手指向一幅抽象画。我曾见过的一张猎户座星云的照片，和它有异曲同工之妙——光和色彩的云团冲破了黑暗。"在这里，我们能够引导他们的能量。他们能够创造美丽的、有用的，甚至是毫无价值的东西。是在创造，而非破坏。"

"为什么？"艾伦追问道，"肯定不是用了药。否则我们早就听说了。"

"不是用药。"

"那是什么？为什么其他医院不——"

"艾伦，"她说，"别急。"

他站在原地，皱眉望着她。

"你想见见你的母亲吗？"

"当然，我当然想见她！"

"好，那就随我来吧。你看了就知道了。"

她领着我们踏入一条走廊，两侧都是办公室，有人在互相交谈，有人在向比阿特丽斯招手，也有人正使用电脑……就是随处可见的那种寻常景象。我猜测这里面有多少人是病情尚且受控的杜-戈患者，琢磨着那个上了年纪的女人到底在玩什么花样、藏着什么秘密。我们穿过一些房间，这些房间漂亮精致、整洁完美，显然并不常用。接着，在一扇宽而厚重的大门前，她拦住了我们。

"待会儿往前走时，你们尽管看，"她说，"但是不要摸任何东西，也不要碰任何人。还要记着，有些人在来到这里之前就已经伤害过自己，伤疤和痕迹仍然留在他们身上。有些伤疤看起来很可怕，很难看，但他们对你们没有危险。这里的任何人都不会伤害你们，记住这一点就好。"她推开大门，请我们入内。

我不害怕看到伤疤。残疾也吓不着我。让我恐惧的是自残行为：某个女人攻击自己的胳膊，好像那是一头野兽；有人被上了约束、服了药，时而清醒、时而迷乱，不停地折磨自己，最后完全丧失了人类的特征，却还是要用所有够得着的东西去扎自己、捅自己。我十五岁时在杜－戈监护中心看到的就是这样一番景象，那仿佛是一面照见未来的镜子，不然我也不至于忍受不了。

不知不觉我穿过了那扇门。我完全没想到自己就这么进来了。上了年纪的女人说了些什么，我已经跨到了另一边，大门在我身后关上了。我立刻转过身，紧盯着她。

她的手搭在我的胳膊上。"不要紧的，"她轻声说，"在很多人看来，那扇门不过是一面墙。"

我向后退开，躲得远远的，抗拒着她的触碰。老天，握手就已经够我受的了。

她看着我，似乎看出了什么端倪。这反倒让她更起劲儿了。没有任何理由，她刻意地走近艾伦，碰了碰他——就像人们擦肩而过时的肢体语言，像用触碰表达"劳驾了"。这走廊宽敞而空旷，这完全是没必要的动作。可她好像就是要碰碰他，还非得让我看见。她到底想干什么？难不成这把年纪了还惦记着打情骂俏？我瞪着她，意识到自己正在压抑一股毫无理性的冲动，恨不得把她从艾伦旁边推开。冲动中隐藏的暴力让我吓了一跳。

比阿特丽斯笑了笑，转过身去。"这边请。"她说。艾伦搂住我，拥着我跟上她。

"等一下。"我站着不动。

比阿特丽斯看看四周。

"刚才是怎么回事？"我问。我已经准备好应对她的谎言——说什么事也没有啊，假装不明白我指的是什么。

"你打算学医吗？"她问。

"什么？问这个有什么——"

"学医。学医或许对你大有好处。"她走开了，步子很大，我们只好加快脚步跟上。她领着我们走进一间房间，只见有人在电脑前忙碌，也有人拿着铅笔和纸张工作。要不是有些面孔毁了一半，有些身体只剩一条胳膊、一条腿，有些伤疤触目惊心，这就是普普通通的一间屋子。然而，人们身上没有失控的迹象。他们在工作。他们的行为是有意图的，但这意图却不是自残。没有人扎自己、砍自己、撕扯自己。我们穿过房间，走进一间华丽的小客厅，这时艾伦握住了比阿特丽斯的胳膊。

"怎么回事？"他问，"你们对他们做了什么？"

她拍拍他的手——看得我咬牙切齿。"我会解释的，"她说，"我希望你了解这一切。但要在见到你母亲之后。"让我惊讶的是，艾伦点头了，听凭她安排。

"先坐一会儿。"她对我们说道。

我们坐在舒服的、带有配套衬垫的椅子上——艾伦看上去相当放松。为什么那个老女人能让他放松下来，却让我紧张不快呢？也许是她让艾伦想起他的祖母之类的吧。看着她，我什么人也联想不起来。还有,"学医"又是什么鬼话啊?

"我想让你们至少参观一间工场,然后再谈你母亲的事——还有你们两个的事,"她扭脸看着我,"你之前在医院或是疗养院有过不好的经历吗?"

我避开她的目光,不愿想起往事。可难道那间假模假样的办公室还不足以让我全都想起来吗?恐怖电影般的办公室。噩梦般的办公室。

"没关系,"她说,"不用描述细节。大致讲一下就好。"

我不情不愿地服从了,慢吞吞地开口,还在纳闷自己怎么就照做了。

她点点头,没有半分意外。"你的父母严苛,但很爱你。他们还在世吗?"

"不在了。"

"他们两个人都是杜-戈患者吗?"

"是的,可是……对。"

"除了你在医院的不快经历,以及此次经历所暗示的未来,监护中心里的人,给你留下了什么印象?"

我不知道该怎么回答。她想知道什么?她为什么一个劲儿地问我?她应该操心的是艾伦和他的妈妈吧。

"你见到没上约束的患者了吗?"

"见到了,"我轻声说,"是一个女人。不知道为什么她竟然可以自由活动。她朝我们冲过来,撞向我父亲。我父亲倒没怎么样。他很魁梧。那女人摔了出去,倒在地上,然后就……

开始自残。她咬自己的胳膊，咬下来……并吞了下去。她另一只手的指甲抠进伤口，还……我大喊大叫，让她停下。"我缩成一团，回想着那个年轻的女孩鲜血淋漓地躺在我们脚边，吃自己的血肉，剜自己的身躯。"他们拼尽全力，拼了命似的，想要挣脱。"

"挣脱什么？"艾伦问。

我看着他，却好像很难理解他。

"林恩，"他轻声追问，"挣脱什么？"

我摇摇头："约束带、绝症、监护中心、他们自己的躯壳……"

他瞥了一眼比阿特丽斯，然后又问："那个女病人说话了吗？"

"没有。她只是狂呼乱叫。"

他不自在地转过身去。"这重要吗？"他问比阿特丽斯。

"非常重要。"

"好吧……那能不能等我们见过我母亲之后再谈？"

"迟早是要谈的，"她对我说，"你叫那女孩停下，她有没有听你的话？"

"不久护士把她带走了。她听不听都无关紧要。"

"不，这至关重要。她停下了吗？"

"停下了。"

"根据文献记载，患者几乎不会回应任何人。"艾伦说。

"不错，"比阿特丽斯伤感地一笑，"不过，你的母亲或许会回应你。"

"真的吗……"他向后张望，望向那噩梦般的办公室，"像那些人一样吗？尚可自控？"

"是的，不过时好时坏。你的母亲现在正在摆弄黏土。她很喜欢琢磨形状和纹理，还有——"

"她失明了。"艾伦把自己的怀疑说得像确凿的事实。听着比阿特丽斯的话，我也有了类似的猜测。她犹豫了一下。"是的，"她终于坦陈，"是出于……众所周知的原因。我本来打算让你慢慢地做好心理准备的。"

"我读过不少资料了。"

我没读过太多资料，但我知道那个"众所周知的原因"是什么。这位女士的眼睛，是被她自己剜出来或是以其他方式毁掉的。她的伤疤可能很骇人。我站起来，走过去，坐在艾伦椅子的扶手上。我按住他的肩膀，他也伸出手来，握住了我的手。

"那我们现在可以见她了吗？"他问。

比阿特丽斯站起身。"这边请。"她说。

我们又穿过好几间工场。病人们画画，组装机械，雕刻石头、木头，甚至创作歌曲、演奏音乐。几乎没人注意到我们。从这方面来说，他们展现出的是真实的病态。他们不是故意不理睬我们，而是根本不知道我们的存在。只有几位守卫冲比阿特丽斯招招手，表明他们的病情控制得还不错。我看见一个女人娴熟而灵巧地操纵着电锯。她显然理解自己躯体的边界，也没有严重的精神分裂，不至于以为自己被困住了，非得挣脱不可。迪尔格对病人们做了什么？其他机构究竟差在哪儿？迪尔格怎么能紧紧捂着自己的疗法，不公之于众？

"我们自己准备饭食，就在那边。"比阿特丽斯指着一扇窗户说道。窗户通向主楼外的一间屋子。"和商业化配餐相比，我们这儿的花样更多，失误更少。普通人是不可能像我们这里的人一样专心致志的。"

我扭头看着她。"你说什么？偏执倒有用武之地了？难道我们真的天赋异禀？"

"是啊，"她说，"偏执其实算不上坏毛病，对吧？当我们在擅长的领域有突出的表现时，人们就会这么说。他们就是用这种方式来否定我们的成果的。"

"是的，但人们偶尔也会由错误的原因得出正确的结论。"我耸耸肩，无意与她争辩。

"艾伦？"她说。他看着她。

"你的母亲就在隔壁这间工场。"

他咽了口唾沫，点点头。我们跟着她走进去。

娜奥米·齐是个身材娇小的女人，头发依然乌黑，手指纤细修长，给黏土塑形时很是优雅。她毁容了，不仅失去了双眼，鼻子的大部分和一只耳朵也不见了，面孔的其他地方只剩下道道伤痕。"她的父母生活拮据，"比阿特丽斯说，"艾伦，我不清楚他们跟你透露过多少，但他们确实倾其所有，要为女儿找个合适的容身之所。她的母亲非常内疚，你懂的，她曾罹患癌症，服用过那种药……最后，他们只好把她送到州立监护机构。你知道那些机构是什么样子。曾有一段时期，把杜-戈患者送到监护机构就是政府所谓的补偿。可是那种地方……如果病人真的病入膏肓——尤其是有些会挣脱约束、惹出大祸的——机构就会把他们关进空房间，任其自生自灭。在那里，唯一能过上好日子的，只有蛆虫、蟑螂、老鼠。"

我瑟瑟发抖："听说现在还有那种机构。"

"还有，"比阿特丽斯说，"经营者都是贪婪和冷漠的人。"她看向艾伦："你的母亲在那样的地方熬了三个月。是我亲自把她接过来的。后来，我想办法让那家机构关门大吉了。"

"你接走了她？"我问。

"那时候还没有迪尔格，我还在洛杉矶，和一群病情可控的杜-戈患者共事。娜奥米的父母听说了，求我们救她。当时，很多人都不信任我们。我们当中受过医学训练的人并不多，而且大家都很年轻，理想至上，无知无畏。最初接纳患者的那间旧木屋还漏雨呢。娜奥米的父母到处寻找救命稻草。其实我们也是啊。很幸运，我们抓住了绝佳的一根——我们向迪尔格家族证明了自己，获得了资助，接手了这一大片产业。"

"怎么证明的？"我问。

她转身望着艾伦和他的母亲。艾伦盯着娜奥米的脸——面目全非，伤疤层层叠叠，褪了色，虬结着。娜奥米正在塑造的形象是一个老妇人和两个小孩。老妇人的脸干瘦憔悴、布满皱纹，栩栩如生、细腻入微——几乎不可能出自失明的雕塑家之手。

娜奥米似乎没有察觉我们的到来。她的全部注意力都倾注于手中的作品。艾伦忘记了比阿特丽斯的告诫，忍不住伸出手，想摸一摸那伤痕累累的脸。

比阿特丽斯没有阻止，娜奥米也仿佛没有感觉。"如果让她注意到你们，"比阿特丽斯说，"就打断她的工作了。我们得陪着她，等她结束工作回过神来，免得她自伤。大约半个小时。"

"你能调动她的注意力？"艾伦问。

"是的。"

"那她能……"艾伦咽了口唾沫，"真是闻所未闻……她能说话吗？"

"能。但她可能不愿意说。如果愿意，也会说得非常慢。"

"那么，请你调动她的注意力。"

"她有可能想触摸你。"

"没关系。请吧。"

比阿特丽斯握住娜奥米的双手，先停了一会儿，然后从湿漉漉的黏土上移开。娜奥米把手往回缩，僵持了好几秒，好像不明白它们为何不听自己的使唤。

比阿特丽斯靠近她，轻轻地开口："娜奥米，停。"娜奥米不动了，失去视力但神色平静的一张脸转向比阿特丽斯，专注地等待着。完全而彻底的专注。

"娜奥米，待客。"

几秒钟后，娜奥米发出了不成字词的声音。

比阿特丽斯让艾伦过去，将他的一只手递给娜奥米。这一次她触碰他时，没有引起我的反感。我兴味盎然地观察着正在发生的一切。娜奥米攥着艾伦的手，仔仔细细地摸索了一番，然后顺着胳膊往上摸，一直摸到了他的肩膀、他的脸。她双手捧着他的脸，发出了声音。或许那是个单词，但我听不懂。我满脑子想的都是她那双手有多危险。我想起了我父亲的手。

"娜奥米，他是艾伦·齐。他是你的儿子。"时间过去了好几秒。

"儿子？"她说出来了。她的嘴唇有好几处裂隙，愈合的伤疤很厚很硬，但这个词她说得很清楚。"儿子？"她焦急地重复了一遍，"他也在这儿？"

"他没事，娜奥米，他只是来看看。"

"妈妈？"艾伦说。

她再次抚摸他的脸，反复确认。她的精神出现问题时，他才三岁。她几乎不可能在这张脸上找到她记忆里的碎片。我甚至怀疑她是否记得自己有个儿子。

"艾伦？"她说。她摸到了他的眼泪，手就在那里停住了。她摸了摸自己的脸，摸到原本该是一只眼睛的地方，接着便将手伸向了他的眼睛。我急切地想阻止，但比阿特丽斯抢在我前头抓住了她的手。

"不行。"比阿特丽斯不容置疑地说道。

手落下去了，无力地垂在娜奥米的身侧。她的脸转向比阿特丽斯，就像一只古老的风向标在随风转动。比阿特丽斯摸摸她的头发，这时娜奥米吐出了几个词，我听懂了。比阿特丽斯望向艾伦，艾伦的眉毛皱成了一团，他正抹着眼泪。

"抱抱你的儿子。"比阿特丽斯轻轻地说道。

娜奥米转过身，摸索着。艾伦揽住她，紧紧地抱着，抱了很久。她的胳膊缓慢地抬起，环住了儿子。残缺的嘴唇将词句碾得模糊，但大致可以听懂。

"爸妈？"她说，"我的……爸妈……顾你？"艾伦看着她，显然没有反应过来。

"她想知道她的父母有没有好好照顾你。"我说。

他疑惑地看看我，又望向比阿特丽斯。

"没错，"比阿特丽斯说，"她想问的就是这件事。"

"他们照顾我长大，"他说，"妈妈，对你许下的承诺，他们都遵守了。"

又是几秒钟过去了。娜奥米发出的声音连艾伦也听懂了，那是哭泣。他安慰着她。

"还有谁来了？"她终于问道。

这一次，艾伦看的是我。我重复了一遍娜奥米的问题。

"她叫林恩·莫蒂默，"他说，"我……"他不好意思地顿了顿，"我们要结婚了。"

娜奥米沉默片刻，松开艾伦，念出了我的名字。我本能地想靠过去。我现在不怕她，也不抗拒她了，但说不清是为什么，我望向比阿特丽斯。

"去吧，"她说，"不过待会儿咱们得好好谈谈。"

我走向娜奥米，拉起了她的手。

"比阿[1]？"她问。

1　比阿特丽斯的昵称。

"我是林恩。"我轻声道。

她猛吸一口气。"不，"她说，"你是……"

"我是林恩。你想找比阿吗？她在呢。"

她没说话，把手放在我的脸上，慢慢地、细细地摸索起来。我没躲。我相信就算她突然暴力相向，我也能制止她。但她只是非常轻柔地抚摸着我，先是一只手，后来是两只手。

"你要跟我儿子结婚了？"她说。

"是的。"

"好啊。你会守护他平安的。"

我和他，会竭尽所能，守护彼此平安。"是啊。"我说。

"好啊。谁也不能锁闭他的心门。谁也不能绑住他、关住他。"她的手攀上了自己的脸，指甲轻轻地抠着、掐着。

"对，"我温和地说着，抓住了她的手，"我也希望你平安。"

她的嘴动了动。我想那是微笑。"儿子？"她说。

艾伦理解她的意思，拉起了她的手。

"黏土。"她又说。用黏土塑造林恩和艾伦。"比阿？"

"当然可以，"比阿特丽斯说，"你知道他们的模样吗？"

"不知道！"她脱口而出，比回答任何一个问题都快。但随后她就像个小孩似的，细声细气地说："知道了。"

比阿特丽斯笑出了声："想摸就再摸摸吧，娜奥米，他们不会介意的。"

我们确实不介意。艾伦闭上眼睛，以我达不到的程度信任着她的温和。我虽然也不抗拒她贴近眼睛的触摸，却终归没有完全放下戒备。她的温和可能瞬间变成疯狂。娜奥米的手指拂过艾伦的眼睛，微微抽搐。出于担心，我立刻出声制止。

"只能触摸，娜奥米，别的不可以。"

她呆住了，吭了几声，表示质疑。

"她很正常。"艾伦说。

"我知道。"我说，但我自己都不信。不过，只要有人谨慎地看护她，把危险的苗头扼杀在萌发状态，他就不会有危险。

"儿子啊！"她的语气里充满了幸福的占有欲。松开他之后，她想再要些黏土，至于刚才塑的老妇人则碰也不碰了。比阿特丽斯出去取黏土，只留下我们两个安抚、缓解她的急躁。艾伦渐渐能够分辨出破坏性动作的倾向了。他有两次抓住了她的手，告诉她"不行"。她挣扎着想甩开他，直到我开口制止才停下。比阿特丽斯回来时，相同的情形又出现了。比阿特丽斯只说了一句"娜奥米，不行"，她就顺从地垂下了双手。

"这到底是怎么回事？"艾伦问道。娜奥米全身心地投入了新的工作——我和艾伦的塑像——平静而安全。"她只听女性的话吗？还是怎么样？"

比阿特丽斯领着我们回到走廊，让我俩都坐下，她自己却走向窗边，向外望去。"娜奥米只服从于特定的女性，"她说，"有时候反应比较慢。她的情况比大多数病人差——可能是因为她来之前的那些自残行为。"比阿特丽斯转身面向我们，咬着嘴唇，眉头紧锁。"以下这段特殊的话，我有段时间没讲了，"她说，"大部分杜-戈患者都明白他们不该结婚生子。我希望你们二位也没有这种打算——尽管我们确有需要。"她深深吸气，继续说道："谜底是，一种信息素。类似气味。与性别有关。从父亲那里遗传这种疾病的男性，不携带这种信息素，而且往往病情较轻。可若是作为这里的工作人员，他们完全派不上用场。遗传自母亲的男性患者，多少会携带一些信息素，因此在这里尚有用武之地——至少，杜-戈患者能察觉到他们的存在。遗传自母亲而非父亲的女性患者，也是如此。只有当两个不负责任的杜-戈患者结合了，生下了女儿——我和林恩这种情况——迪尔格这样的地方才算是等到了能够大有作为的救星。"她看着我说道："我们可是稀有物啊，你和我。一份高薪工作正等着你毕业呢。"

"来这儿工作？"我问。

"先锻炼一阵子，可能吧。其他的我也不清楚。你也许会在其他地方开办一所新的疗养院。很多病友迫切地需要它。"她冷冷一笑，"我们这种人很难融洽相处。想必你也发现了，我们互相看不顺眼，程度不相上下。"

我咽了口唾沫，透过朦胧的感知去甄别她，确实感受到了毫无理由的厌恶——只是片刻。

"坐好，"她说，"身体放松。这对你有帮助。"

我照做了。我并不是心甘情愿地服从她，而是想不出不然还能怎样。完全无法思考。"看来，我们这样的人，"她说，"领地意识很强。如果没有别的同类，那么迪尔格就是我的天堂。反之，它就是牢狱。"

"在我看来，这工作量简直不可思议。"艾伦说。

她点点头。"岂止不可思议，"她自顾自地笑笑，"我是最初那批双亲遗传的杜-戈患者之一。长大懂事之后，我明白了自己的处境，知道时日无多。我先是选择了自杀。失败后，我便渴望在我认定的短暂余生里塞进我本该拥有的全部人生。为这个项目，我拼命地工作，生怕不能在我精神失常之前让它初见雏形。而现在，除了工作，我不知道自己还能做什么。"

"那你为什么没有……失常？"我问。

"不知道。我们这样的患者太少，分析不出怎样是正常、怎样是失常。"

"对于所有杜-戈患者而言，精神失常都是'正常'的，只是或早或晚罢了。"

"那么就晚一些吧。"

"那种气味不能人工合成吗？"艾伦问，"合成，推广，那些集中营似的监护中心和医院不就能取缔了？"

"自从我证实了这种气味的作用，就有人想要合成获得，但一直没有成功。我们只能留意寻找像林恩这样的人。"她看着我，"迪尔格奖学金，你说呢？"

"嗯……它突然就找上门了。"

"在追踪调查这方面，我的同事们做得不错。他们会在你毕业或退学时联系你。"

"有没有可能，"艾伦盯着我看，"她已经这么做了？用她的气味……影响别人？"

"影响你？"比阿特丽斯问。

"我们所有人。我们几个杜 - 戈病友住在一起。当然，大家都没什么症状，只是……"

比阿特丽斯笑了："挤满年轻孩子的房子，你们那儿恐怕是最安静的一处。"

我看向艾伦，他避开了我的目光。"我什么都没做啊，"我说，"我只是提醒他们把自己答应过的活儿干完，仅此而已。"

"可让他们自在放松的，是你，"比阿特丽斯说，"仅仅是你的存在。你……房子里到处都是你留下的气味。你和他们一对一地聊过天。说不出为什么，他们确实都觉得舒服、愉悦。是不是这样，艾伦？"

"我说不好，"艾伦说，"但应该是这样吧。我第一次踏进那所房子，就坚定地想要搬进去。而第一次见到林恩时，我……"他摇摇头，"真可笑，我还以为主动权在我手里呢。"

"跟我们一起工作吧，艾伦？"

"我？你只需要林恩。"

"我需要的是你们两个。你不知道有多少人一看见我们的工场就转身逃跑。最终接手迪尔格的，可能就应该是你这样的年轻人。"

"也不管我们愿不愿意？"他说。

我害怕了，想去拉他的手，但他躲开了。"艾伦，这是可行的，"我说，"固然只是权宜之计，我明白。基因工程或许会给我们最终的答案，但现在，看在上帝的分上，现在我们能做的只有这些啊！"

"是你能做的。在全是工蜂的疗养院里扮演蜂后。我可没有当雄蜂的野心。"

"医生不大可能充当雄蜂的角色。"比阿特丽斯说。

"你没有嫁给你的病人吗？"他质问道，"如果林恩嫁给我，我就是那样的角色——不论我是不是医生。"

她把目光从他身上收回，投向另一边的工场。"我的丈夫就在这里，"她轻声说，"他是这里的病人，差不多待了十年。还有什么地方比这里更好呢？当他的那一天来临……"

"胡扯！"艾伦咕哝着，瞥了我一眼，"咱们走，离开这儿！"他站起来，大跨步地走向门口，使劲一拉，才发现门是锁住的。他转身看着比阿特丽斯，打着手势，要求她放我们出去。她走过来，搡着他的肩膀，让他仔细看看那扇门。"再试试啊，"她淡然说道，"你打不开的。拉啊。"

出人意料的是，艾伦的敌意突然消散了。"这是那种掌声锁吗？"他问。

"对。"

我咬着牙，别过脸，不去看。交给她吧。她懂得如何利用她和我共有的那种东西。在这一刻，她是站在我这边的。

我听见艾伦和那扇门较劲，可门响都没响一声。比阿特丽斯挪开他的手，将自己的手张开，握住了那个大号黄铜把手似的装置，一推，门就开了。

"发明这种锁的人没什么特别之处，"她说，"并不是智商超高的天才，甚至连大学都没读完。然而，在他人生的某段时间里，他读了一本科幻小说，其中就提到了掌纹锁。他把掌纹和声纹结合起来，发明出能同时感应这两种特征的新型锁，比小说里写得还要完善。他钻研了许多年，而我们能给他的，就是这许多年的时间。迪尔格的病友都是答案的求索者，艾伦，想想你能攻克多少课题！"

他似乎真的开始思考了，开始明白自己的处境了。"生物学研究恐怕不行吧，"他说，"都是单打独斗，甚至不了解其他研究者的课题，这怎么行呢。"

"怎么不行，一直都有，"比阿特丽斯说，"而且也不是闭门造车。我们科罗拉多州的疗养院就专攻生物学，那里有训练有素的、病情可控的杜 - 戈病友——只是数量极少，但也可以看得出，他们不是单打独斗。我们的患者——那些不曾严重伤害过自己的病友——仍然能够读写。若是有学术报告参考，他们也能够顾及其他人的工作。阅读外界的资料并不是难事。他们一直在工作，艾伦，这种疾病没有阻止他们，也不会阻止他们。"他死死地盯着她，似乎被她的热切——她的气味——吸引了。他吃力地开口，仿佛一字一句都会刮伤咽喉。"我不想成为提线木偶。我不想受制于……该死的气味！"

"艾伦——"

"我不想变成妈妈那样。我宁愿去死！"

"你不会变成她那样。没有道理。"

他连连后退，显然并不相信。

"你母亲的大脑遭受了损伤——全都拜监护中心的那三个月所赐。我见到她的时候，她根本不能说话。她好转的程度远远超过你的想象。可那些折磨不会降临在你身上。和我们一起工作吧，事实能证明，你不会变成你母亲那样。"

他犹豫不决，似乎没有想好。在他身上出现哪怕这一点点动摇，也足以叫人惊讶。"那么，我会受控于你或者林恩了。"他说。

比阿特丽斯摇头道："我没有操控任何人，包括你的母亲。她能够意识到我的存在。她能够接受我的指点。她对我的信任，就像盲人对向导的信任。"

"不止如此吧。"

"这里就是如此。我们所有的疗养院都是如此。"

"我不相信你。"

"看来你并不理解我们这里的病友留有多少主体性。他们知道自己需要帮助，但他们的思想仍然属于自己。要是想见识见识你担心的那种渎职行为，请去参观别的杜 - 戈监护中心吧。"

"你们这儿确实优于那些机构，我承认。就连地狱也比那种地方好。可是……"

"可是你还是不相信我们。"

他耸了耸肩。

"其实你相信。你自己知道。"她笑了，"你不想相信，可还是忍不住。这就是你担心的来由，也是你抗拒的原因。仔细想想我的话。眼见为实。我们为杜 - 戈患者提供活下去的机会，让他们能够顺从心意，做自己重视的事。而你有什么？现实一点，你还期待比这更好的？"

沉默。"我不知道到底该怎么想。"他终于说道。

"回家吧，"她说，"好好想想。这将是你一生中最重要的决定。"

他看向我。我走过去，不确定他的反应，他最终如何决定，我不确定他还想不想和我在一起。

"你有什么打算？"他问。

他这话吓了我一跳。"你还有选择，"我说，"我却没有。如果她说的属实……我还能逃脱接管疗养院的命运吗？"

"那你愿不愿意呢？"

我咽了口唾沫。我还没有真正思考过这个问题。我愿意将我的生命献给它吗？——虽然略有进步、稍显文明，但它根本上仍是杜-戈监护中心。"不愿意！"

"但你还是会来。"

"对……"我思索片刻，搜寻着合适的词汇，"换你也一样。"

"什么？"

"如果这种信息素是男性才有的，你也会来。"

沉默再次降临。过了一会儿，他拉起我的手。我们跟着比阿特丽斯出去，回到了停车场。我和艾伦还有陪同的门卫正要上车，她突然抓住了我的胳膊。我本能地猛然躲开，站稳后便转过身，像要动手似的。见鬼，我还真想揍她，只是忍住了。

"抱歉。"我毫无诚意地说。

她拿出一张卡片，硬是逼着我接过去。"这是我的私人号码，”她说，“七点前或九点后，通常都可以。我们最好保持电话联系。”

我强忍冲动才没有扔掉卡片。老天，她激起了我的孩子气。

坐进车里，艾伦和门卫说了几句话。我没听清，但他的声音让我想起了他们争执的情景——她的逻辑、她的气味。她差一点儿就帮我把艾伦赢过来了，可我一点谢意都没表示。我曾问过她，压低了声音问的。

"他其实根本没的选，对吗？"

她似乎有点惊讶："这要取决于你。留下他或赶走他。我保证，只要你愿意，就能赶走他。"

"怎么做？"

"想象他根本没有机会选择。"她淡淡一笑，"回到你的地盘再给我打电话吧。还有很多事情得详谈呢，我可不想总这么互相敌视着说话。"

和我这样的人周旋，她已经忍受了几十年。她把情绪控制得很好。而我，已经逼近了失控的边缘。我所能做的就是爬进车里，幻想自己猛踩油门逃离她，等门卫把我们送出大门。我无法回头看她。直到我们远离了主楼，让门卫在大门口下车，继而把整片建筑都甩开，我才忍不住向后张望。在那漫长而荒诞的几分钟里，我莫名地认定，只要回头、转身，就会看见，站在那里的，是我自己，灰暗，苍老，渐行渐远，消失湮没。

后 记

　　《黄昏、清晨、夜晚》源自长久以来我对生物学、医学及个体责任的痴迷。

　　尤其是我创作这个故事的初衷：我们的行为，有多少是由我们基因的驱使、阻碍或以其他形式引导的。这是我最喜欢的主题之一，另有多部小说皆由此衍生。它可能暗含危险。很多时候，当人们如此发问时，他们想知道的其实是，谁拥有普世意义上最大、最多的优势，或是谁拥有普世意义上最小、最少的劣势。遗传学就像棋盘游戏，或者更不堪，是每隔几年就会回潮的社会达尔文主义的借口。令人生厌的思潮。

　　不过，这个问题本身是很吸引人的。疾病固然可怕，却不失为探索答案的方式之一。遗传疾病尤其能够促使我们深入思考：我是谁，我是什么。

　　我虚构的杜里埃－戈德综合征借鉴了三种遗传疾病。第一种是亨廷顿舞蹈症[1]——它是显性遗传，也就是说，如果一个人携带这种基因，那么得病不可避免。这种病仅由一个异常基因引起。亨廷顿舞蹈症患者通常要到中年时才会发病。

1　一种常染色体显性遗传性神经退行性疾病。该病由美国医学家乔治·亨廷顿于1872年发现，病症表现为舞蹈样动作，随着病情进展逐渐丧失说话、行动、思考和吞咽的能力，病情大约会持续发展10年到20年，并最终导致患者死亡。——编者注

第二种是苯丙酮尿症。这是一种隐性遗传疾病，必须从患者婴儿时期就开始特殊的饮食疗法，否则会引发严重的智力损害。

第三种是莱施尼汉综合征。它会导致精神损伤和自残。

在以上疾病的基础上，我又加入了特别的元素：对信息素的敏感，持续的错觉——患者认为自己被困于血肉躯壳之中，而肉体并不是他们自身的一部分。接近尾声时，我提出了大家熟悉的、常见于许多宗教和哲学流派的观点，并将其推向了恐怖的极端。

人体有数十万亿个细胞，每个细胞核携带有数万个不同的基因。如果这些基因中的一个——亨廷顿基因——能够极其剧烈地改变我们的生命，那么我们能做什么？我们能走向何处？我们会变成什么？

到底是什么？

我愿为同样对此感兴趣的读者提供一个非常规的简短书单：

珍·古道尔的《贡贝的黑猩猩：行为模式》

朱迪茜·瑞坡坡特的《不能停止洗手的男孩：强迫症的经验与治疗》

伯顿·罗切的《医学探秘》

奥利弗·萨克斯的《火星上的人类学家》和《错把妻子当帽子》。[1]

享受阅读吧！

---

[1] *The Chimpanzees of Gombe: Patterns of Behavior* by Jane Goodall, *The Boy Who Couldn't Stop Washing: The Experience and Treatment of Obsessive-Compulsive Disorder* by Judith L. Rapoport, *Medical Detectives* by Berton Roueché, *An Anthropologist on Mars: Seven Paradoxical Tales* and *The Man Who Mistook His Wife for a Hat and Other Clinical Tales* by Oliver Sacks.

近亲

Near of Kin

本篇最早刊登于《蛹 4》（*Chrysalis 4*，1979）。

——编者注

"她想生下你，"我的舅舅说道，"她没必要非生个孩子不可，你知道吧，哪怕是二十二年之前。"

"我知道。"在母亲公寓的客厅里，我舒舒服服地坐在木头摇椅上，面对着他。脚边放着一只大纸箱子，它本来是装生菜的，如今塞满了纸——散页的、折角的、铺平的、叠起的、重要的、琐碎的，全都混杂在一起。这里面有她的结婚证，有她在俄勒冈州的房契，有用廉价纸张做的手工卡片，上面用红色和绿色的蜡笔写着"祝妈妈圣诞快乐"。卡片是我六岁时做的，送给了外婆，当时我管她叫"妈妈"。现在想来，外婆或许将它连同善意的谎言一起交给了母亲。

"你还没出生她就守了寡，"舅舅说，"她没办法独自抚养孩子。"

"别人都行。"我说。

"她不是'别人'，她是她自己。她知道自己能应付什么、不能应付什么。她深思熟虑后才认为你跟着外婆过比较好，也算有个家啊。"

我看着他，不明白为什么事到如今他还要煞费苦心地替她说好话。我对她是什么感觉——或者根本没有感觉——有什么区别吗？"记得我八岁时，"我说，"她来看我。我问她能不能带我一起生活，一段时间也好。她说不行。她说她得工作，家里没地方，也没钱，反正一大堆理由。于是我就问她到底是不是我亲妈，难不成我是领养来的孩子。"

舅舅面色一紧："她怎么说？"

"什么也没说。揍了我一顿。"

他叹了口气："她就是这脾气。太紧张，太敏感。这也是她把你留在外婆身边的原因之一。"

"那其他原因是什么？"

"想必你也听说过。缺钱，缺时间，缺地方……"

"缺耐心，缺母爱……"

舅舅耸耸肩。"你想跟我说的就这些吗？一大堆讨厌你妈妈的原因？"

"不是。"

"那是？"

我看着地上的纸箱。从母亲的衣橱里往外搬时，沉甸甸的纸张把箱底压破了。也许这公寓里的某个角落能找到胶带。我站起来四处翻看，以为舅舅会因为受够了我的沉默而离开。他有时候确实会这样——不声不响地表达他的不耐烦。我小时候还会觉得害怕，现在反而求之不得了。要是他走了，我就不用继续回答刚才的问题了……暂且不用。他是朋友，也是亲人——母亲的哥哥，比母亲年长五岁——是除了外婆，唯一一个不只是泛泛之交而是真正关心我的亲人。以前在外婆家，他有时会跟我聊聊天。他把我当作小大人儿，因为他的兄弟姐妹都成家了，生的那么多孩子，就没有一个不像小大人儿的。他无意中给我施加了不少压力，但和其他舅舅姨妈相比，和外婆的朋友们相比，和那些拍着我的脑袋告诫我要"做个好女孩"的人相比，我还是更喜欢他。比起母亲，我和他相处得更好，所以哪怕是现在，尤其是现在，我不想失去他。

我在厨房的抽屉里找到了胶带，回来时他还在。没到其他地方，只是从纸箱里拿了张纸。我费劲巴拉地粘纸箱时，他就坐在那儿看那张纸。场面尴尬，但我又不希望他主动过来帮忙——也许，其他男性亲戚无所谓，但他不行。

"那是什么？"我看了一眼那张纸问。

"你五年级的成绩单。成绩很烂。"

"天哪，赶紧扔掉。"

"你就不想知道她为什么一直留着？"

"不想。她……我认为我多少了解她一些。孩子是她想生的——怎么说呢，为了证明自己是个女的，能够生育，诸如此类，她也想看看到底能生出个什么来。可一旦生出来了，她又不想浪费时间养了。"

"生下你之前，她流产过四次，你知道吗？"

"她告诉我了。"

"她确实很关心你。"

"偶尔吧。比如每当我拿出那种烂成绩单时，她肯定会骂我。"

"所以你才故意考得很烂？故意惹她生气？"

"我考得很烂是因为我根本不在乎——后来有一次你冲着我

大吼一顿，我吓得要死，才稍微上心。"

"等等，我记得那次。我不是故意要吓你。我只是觉得你明明有脑子，却不好好用它，这些我也告诉你了。"

"但你确实吓到我了。你当时坐着，怒气冲冲，一脸的厌恶，我还以为你要彻底放弃我了。"我瞟了他一眼，"你当时那个样子，好像哪怕我不是领养来的，你也不是我亲舅舅。所以我必须牢牢抓住你、缠住你才行。"

我从没见他笑得这么开心，仿佛年轻了好几岁。他已经五十七岁了，单薄、清瘦，不过依旧英俊。母亲这边的亲戚都是如此——瘦小，甚至有些虚弱。拥有这些特质的女性总是惹人怜爱。

我觉得这样的男性也颇有魅力。不过我知道，我那些表兄弟为了证明自己的男性气概，没少花功夫打架、炫耀。这让他们变得敏感、易怒、戒心重。我不知道这种风气是否影响了小时候的舅舅，反正他现在不太爱生气。要是惹毛了他，最多冷冰冰地说你几句。要是还不解气，打起来也能收放自如——他年轻时就是这样——总之，我从来没见过他故意闯祸。我的表兄弟们都不喜欢他，见他不生气就说他冷漠。我不这么想，于是他们也说我冷漠。那又如何呢？我和舅舅待在一起就是自在、舒服。

"你打算怎么处理她的东西？"他问。

"卖掉。捐给救世军[1]。不知道。你有什么想留下的吗？"

1　Salvation Army，意为（基督教的）救世军，是一个成立于 1865 年的基督教教派，组织的目的是为需要帮助的人提供社会服务，同时也进行基督教福音传道。——编者注

　　他站起来，走进卧室，动作中有着岁月未曾侵蚀的顺畅、敏捷和优雅。他拿来了母亲放在梳妆台上的那张照片。照片是放大版，是他在纳氏草莓园给外婆、母亲和我拍的，当年我十二岁。那次不知为什么，他说要带我们出去享受享受。这是我们三人唯一的一张合照。

　　"要是把你也拍进去就更好了，"我说，"应该找个陌生人帮忙拍照。"

　　"不不，你们三个正合适——母女三代人。你真的不想留下这张照片吗？或者再冲一张？"

　　我摇摇头："你留着吧。别的呢？你还想要什么？"

　　"没了。你打算怎么处理俄勒冈州的房产？亚利桑那州应该也有一些。"

　　"哪儿都有房子，偏偏这儿没有，"我咕哝着，"要是她愿意花钱在这儿买房子，我就能搬过去和她一起住了。说到底，她哪儿来的钱？她不应该是个穷光蛋吗？！"

　　"她已经不在了，"舅舅淡淡地说，"你还要浪费多少时间和精力来怨恨她？"

　　"我当然想省点力气，"我说，"可我也没办法像关水龙头似的一下子就截断感情。"

　　"那我在的时候你就把它关上。她是我的妹妹，你不爱她，我爱她。"他说得平静、温和。

　　"好吧。"

　　我们沉默了好一会儿，后来一位姨妈来了。我将她请进门，她却一把抱住我哭个不停。我忍了又忍，毕竟我母亲也是她的妹妹。她是个讨厌的女人，每次去看外婆，总是一边炫耀自己的孩子天赋异禀，一边拍着我的脑袋，好像我是这个家族里的傻瓜。

"斯蒂芬。"她跟舅舅打招呼。他不喜欢自己的名字。"你拿了什么？一张照片。挺好。芭芭拉当年多漂亮啊。她一向是个美人，就算死了尸体也如此鲜活呢……"

她说着就走进卧室，在我母亲的遗物中翻找起来。翻到衣橱时，她叹了口气。我记得过去她们身量相当，但现在她至少比我母亲重二十磅。

"你打算怎么处理这些精致的东西？"她问我，"应该留下一些当作纪念吧。"

"是吗？"我说。我当然打算清理掉，越快越好——捆起来，送到救世军那儿去。可是这位姨妈多年来一直伪善地反对我母亲"不像母亲"的行为，要是我表现得满不在乎，她肯定会大发雷霆的。

"斯蒂芬，你是来帮忙的？"姨妈问道。

"不是。"舅舅轻声道。

"嗯，只是陪着，是吧？也好。有什么需要我做的吗？"

"没有。"舅舅答道——有点奇怪，因为这个问题显然是在问我。姨妈有点儿惊讶地看着他，他则面无表情地回看过去。

"那好吧……如果有需要，尽管给我打电话。"她说着又敛起几件我母亲的首饰，然后又拎起那台小型黑白电视。"我想把这个拿走，你不介意吧？孩子们总是为了抢电视吵来吵去……"
她走了。

舅舅看着她，摇了摇头。

"这位也是你的妹妹。"我笑道。

"如果她不……算了。"

"怎么？"

"没事。"淡淡的警告意味又出现了。我没理会。

"我知道。她是个伪君子——别的就不提了。我看她比我更
不喜欢我母亲。"

"那你为什么允许她拿走那些东西？"

我望着他："因为我不在乎这公寓里的一切。无所谓。"

"好吧，"他深吸一口气，"至少你不虚伪。你母亲有份遗
嘱，你知道吧？"

"遗嘱？"

"房产很值钱。她留给你了。"

"你怎么知道？"

"我留了一份副本。她觉得没人能翻出来。"他冲着那只大
纸箱摆摆手，"这么归档可太不牢靠了。"

我不高兴地点点头："确实。我根本就不知道她都有些什么。
可是，就不能转给你吗？我不想要。"

"她想为你做些事。就随她吧。"

"可是……"

"随她吧。"

我深深吸气，又缓缓呼气："她给你留下什么了吗？"

"没有。"

"这可不太对。"

"我满足了——或者说，你能接受她留给你的东西，我就满足了。还有些钱。"

我皱起眉头，无法想象母亲竟然存得下钱。要不是整理遗物，我都不知道这些房产的存在。还留了一笔钱，这就更离谱了。不过，这至少给了我开口的机会。"这钱是她的？"我问，"还是你的？"

他迟疑了片刻，答道："是写在遗嘱里的。"这可不是他惯有的讲话方式——好像我的问题让他措手不及。

我笑了，但看到他因此流露出窘迫，我不愿意惹他不自在，便收起了笑容。我要追问下去——必须问个清楚——但我并不期待，也不打算从中获得什么乐趣。

"你不是那种心机深重的人，"我说，"看起来却是满腹算计。神秘、冷淡又克制。"

"我控制不了自己的长相。"

"人们说我也是这副模样。"

"不，你的样子像你妈妈。"

"不是吧。我觉得我像我爸爸。"

他没接话，只是盯着我看，眉头紧锁。我摸了摸纸箱里那几张折角的纸页。"钱还要留给我吗？"

他不肯回答。他用人们称之为"冷淡"的神情望着我。其实那不是"冷淡"——我知道他"冷淡"时是什么样子。现在，他更像是在痛苦中挣扎，仿佛我伤害了他。想必我确实如此，但我停不下来。来不及了，收不回了。我紧张地把手指插进那些纸页里，低头端详了一会儿，突然怨从心生。我为什么不躲在学校里袖手旁观呢？我为什么不把这些东西丢给亲戚？她当年不是也总把我丢给亲戚吗？要么就当个负责任的女儿，老老实实地料理好母亲的后事。我怎么就不能只做不问、把嘴闭上呢？他会怎么样？会离开吗？我连他也要失去了吗？

"无所谓，"我不看他，自顾自地说，"算了。我爱你。"相同的意思我含糊地对他表达过好多次，但这三个字，我从来没说过。就像在请求许可。我爱你，这是可以的吗？

"你是不是在箱子里找到了什么？"他柔声问。

我没听懂，皱眉愣了一会儿，后来才反应过来——我的紧张让他想多了。"什么也没有，"我说，"至少据我所知，没有。别担心，我觉得她不会写下来。"

"那你是怎么知道的？"

"我不知道，只是猜的。很久以前就猜到了。"

"为什么？"

我踢了踢纸箱。"线索很多啊，"我说，"最简单的就是长相吧，我和你。外婆有一张照片，把那里面年轻的你和现在的我放在一起，简直就像双胞胎。我的母亲很漂亮，她的丈夫英俊魁梧，而我……我长得像你。"

"长相不能代表什么吧。"

“我明白。但对我来说意义重大。而且，还有些无形的东西。”

“猜测。”他苦涩地说，向前倾着身子，“我确实藏不住秘密，是吧？”他站起来，往门口走去。我连忙冲上去拦住他。我们一样高，一点儿不差。

“请你不要走，”我说，“别走。”

他轻轻地把我往旁边推，但我站定不动。

“说吧，”我央求道，“我不会再问了，提也不会提。她已经不在了，这伤不到她啊。”我犹豫了一下，又说，“请你不要离开我。”

他叹了口气，垂头望着地板，而后又望向我。“是的。”他轻声道。

我让开了，突然间，我如释重负，差点儿哭了出来。我有父亲了。我从来感觉不到自己有母亲，但我一直是有父亲的。“谢谢你。”我轻声道。

“没有人知道，”他说，“你外婆不知道，所有的亲戚也不知道。”

“我不会告诉他们的。”

“不。我从不怕你会告诉别人。我不在乎别人，但我担心他们会伤害她和你——痛苦会逼迫你……追问到底。”

“我不觉得痛苦。”

“真的？”他似乎有些惊讶地看着我。我意识到，他其实和我一样害怕。

"她是怎么让她丈夫同意在我的出生证上留名的？"我问。

"撒谎。不会戳破的谎言。怀上你的时候，她丈夫还活着，只是早已离开了她。但家里人一直不知道，后来发现了也无从查对时间。"

"他离开是因为你吗？"

"不是，是因为他找了别的女人——不会流产、能为他生下孩子的女人。被抛弃后她来找我——找我倾诉、哭泣、发泄情绪……"他耸耸肩，"她和我一向亲近——非常亲密。"他又耸耸肩，说道，"我们爱着彼此。如果有可能，我真的会娶她。我才不在乎什么流言蜚语，我真的会这么做。后来，她发现自己怀孕了，我们都很害怕，可她想生下你，这是毫无疑问的。"

我不相信最后这句话，哪怕是现在。我相信我之前说的——她只是想证明自己是个女人，能生孩子。一旦证明可以，她就撒手不管，干别的去了。但他爱她，我爱他。所以我什么也没说。

"她一直害怕你发现真相，"他说，"所以才不敢把你留在身边抚养。"

"她觉得我是她的耻辱。"

"她觉得自己是耻辱。"

我看着他，想从他难以捉摸的神情中读出些什么。"那你呢？"

他点点头："我也是耻辱——你，从来不是。"

"可你没有像她那样抛弃我。"

"她没有抛弃你；她不可能抛弃你。不然你问她你是不是领養的孩子，她何必那么生气？"

我摇头："她应该信任我啊。要是她也像你这样多好。"

"她已经尽了全力。"

"我本来可以爱她。其实知道了我也不在乎。"

"以我对你的了解，我知道你可能真的不在乎。但她不那么确定，她不敢冒这个险。"

"你爱我吗？"

"爱。她也爱你，尽管你不信。"

"她和我……真该好好地互相了解了解。我们一点儿也不了解对方，真的。"

"是啊。"沉默之中，他又看了看纸箱里的东西。"如果有不知道怎么处理的，就拿来给我。"

"好。"

"遗嘱的事打电话谈吧。你要回学校吗？"

"对。"

他向我微微一笑。"那钱就用得上了。别再让我听见什么你都不肯要的废话了。"他走了，悄无声息地带上了门。

后 记

首先，这篇《近亲》与我的另一部小说《血缘》（*Kindred*）没有任何关系。我曾对负责收录选集的编辑提起过，但他只记得我有两部标题相似的作品，于是想当然地认为它们必然有所关联。其实完全不相干。

《近亲》源自我童年做浸信会教友的经历，以及我的习惯。那时我年纪很小，已经喜欢跟随兴趣探索不同的领域。作为信仰浸信会的好孩子，我最初是把《圣经》当作培养信仰、规训行为的指示来读的，后来则是为了背下那些指定的诗篇，再后来，便沉浸于其中环环相扣的有趣故事。

那些故事吸引着我：冲突、背叛、折磨、谋杀、流放、乱伦。我读得如饥似渴。当然，我妈妈鼓励我多读《圣经》，肯定不是出于这种目的。然而，我还是觉得这些主题非常迷人，所以当我开始写作时，便在自己的作品中做了相应的探索。《近亲》就是这种兴趣的古怪成果。我大学时就做了尝试，但失败了。这个念头一直缠绕着我，催着我把它写出来：一个令人同情的乱伦故事。我借鉴了这几个故事："罗得与女儿同寝""亚伯拉罕娶异母妹""亚当之子与夏娃之女"。

语音

Speech Sounds

本篇获 1984 年雨果奖最佳短篇小说奖。

最早刊登于《艾萨克·阿西莫夫科幻杂志》（1983）。

——编者注

华盛顿大道上的公交车出事了。赖伊觉得迟早会在路上遇见麻烦事。她一直在家拖延时间，最后还是被孤独和绝望赶出了门。她估计还有几个亲戚在世——一个哥哥带着他的两个孩子，住在二十英里外的帕萨迪纳市。如果运气好，一天就能到。从弗吉尼亚路上的家里出来时，公交车刚好驶来，这似乎算得上幸运。没想到却出事了。

两个年轻人似乎因为误会起了争执，他们堵在过道上，连说带比画，左右叉着弓步，随着驶过坑洼的汽车东倒西歪。司机好像故意想让他们站不稳似的。不过，他们比画归比画，却一直没碰着对方——拳打脚踢仅限于装装样子，互相嘲弄的手部动作代替了无法说出口的诅咒。

乘客们看看二人，又互相看看，焦虑地哼了几声。两个小孩呜咽起来。

赖伊坐在后门对面，距离他们有几英尺远。她谨慎地盯着那两个人，知道一旦谁忍不住了、手滑了，或是有限的沟通能力到头了，就会真的打起来，随时都会。

担心的情况果然出现了：公交车轧过一个大坑时，那个一直面带讥笑的瘦高个儿没站稳，狠狠地撞向了对面的矮个儿。

矮个儿立刻挥起左拳回敬，虽然对方身材高大，但他只管一拳一拳地猛捶，仿佛除了左手的拳头，再没别的武器，也不需要别的武器。他出拳又快又狠，不等人高马大的对手稳住身子反击，就已经把他打倒在地了。

乘客们吓得或尖叫，或粗吼，那些离得近的全都争相躲避。还有三个年轻人兴奋地大喊大叫，也发疯似的比画起来。接着也不知怎么回事，其中又有两人打起来了——很可能还是因为不小心碰到了、撞到了。

第二拨打架的人挤散了受惊的乘客，一名女子摇晃着司机的肩膀，一边指着出乱子的方向，一边费力地出声求助。

司机龇着牙，气哼哼地吼了一声，吓得那名女子退回去了。

赖伊知道公交车司机惯用的伎俩，她稳住自己，紧紧抓住前面座位的靠背横杆。当司机猛踩刹车时，她早有准备，而打架的人毫无防备，他们摔向两侧的座位，砸在乘客们身上，这下更乱套了。卷入打斗的人又变多了。

公交车一停下来，赖伊就起身去推后门，推了两下，后门开了，她连忙抱着背包跳下车。有些乘客跟着下了车，但也有些留在车上。如今，公交车又少又不准时，好不容易赶上一辆，无论如何也得坐。说不定今天都等不来别的车了——明天也不见得有。人们得边走边等，看见公交车就招手叫停。像赖伊这样从洛杉矶到帕萨迪纳的城际旅行者，只能做好露营的准备，要么就得冒着遭到抢劫或谋杀的风险，到沿途的陌生人家借宿。

公交车没再往前开，赖伊却躲得更远了。她打算等冲突平息后再回到车上，但万一闹到开枪的地步，她得找棵树挡一挡才行。快走到路边时，街对面一辆破旧的蓝色福特掉头开过来，停在公交车前面。这年头轿车已经很少见了——燃料严重缺乏，连勉强能配上的零部件也很难搞到。还能开上路的汽车可以是交通工具，也可以是武器。所以，当福特轿车的司机向赖伊招手时，她警觉地退开了。司机下车了——是个大块头男人，年纪不大，蓄着整齐的胡子，头发又黑又密。他穿着一件长大衣，像赖伊一样谨慎小心。她与他隔开几英尺远，等着看他到底想干什么。他看看公交车——混战摇晃着车厢——又看看刚才下车的一小撮乘客，最后目光又落在赖伊身上。

赖伊也看着他，她清楚地知道自己外套里藏有一支老式45毫米口径自动手枪，于是盯住他的双手。

他抬起左手，指了指公交车。深色的车窗遮住了车厢内部，他看不清里面发生了什么。

他用的是左手，这比他的疑问更让赖伊关注。左撇子大多受损较轻，更通情达理，也更不容易受挫折、困惑和愤怒的情绪驱使。

她模仿着他的动作，也用左手指指公交车，然后双手握拳，凭空挥打了几下。

胡子男脱掉大衣，露出洛杉矶警察局的制服，手里还拿着警棍和左轮手枪。

赖伊又退了一步。洛杉矶警察局已经不存在了，所有大型机构都不存在了，不论是官方的还是私人的。只有社区巡逻队和持有武器的普通人。再没有别的了。

胡子男从大衣口袋里掏出一样东西，把大衣扔回轿车里。接着，他示意赖伊折回去，回到公交车的后部。他手里拿着一个用塑料做的玩意儿。赖伊不明白他想干什么，只是看着他走到公交车的后门那里，向她招手，让她站在那儿。出于好奇，赖伊照做了。不管是不是警察，没准儿他真有办法平息这场莫名其妙的斗殴呢。

胡子男向前绕到车道一侧，驾驶室的窗户开着，赖伊隐约看见他往公交车里扔了什么东西。她还想透过深色的玻璃向里张望，但乘客们突然跌跌撞撞地冲出了后门，又是咳嗽又是抹眼泪。原来是催泪瓦斯。

赖伊扶住一位差点儿跌倒的老太太，又拎起两个小孩，免得他们被人撞倒、踩到。她看见胡子男守在前门帮忙。一个刚才打架的家伙推开瘦小的老人往外挤。赖伊连忙抓住老人，但还是被他带了个趔趄，最后一个年轻人冲出来时，她差点儿没躲开。这人口鼻流血，踉踉跄跄，一头撞上了别人。两人又不管不顾地陷入了扭打，一边打一边被催泪瓦斯呛得哼哼唧唧。

公交车司机也从前门出来了，胡子男帮他一把，但他似乎并不领情。有那么一瞬间，赖伊还以为他俩也要打起来了。司机比画着威胁的手势，发出无声的怒吼，而胡子大汉只是后退几步，冷冷地看着。

他既不挪动，也不出声，拒绝回应那些下流的手势。受损最轻的人往往如此——除非受到人身威胁，否则只是退后观望，任凭那些控制力差的人喊叫、跳脚。他们似乎认为，像那些理解力差的人一样一点就着，实在有失身份。这种态度显得有些高人一等，公交车司机那样的人都这么想。这种"优越感"常常会惹来殴打，甚至让人送命。赖伊自己就有过因此死里逃生的经历。所以，她再也不敢手无寸铁地出门。在这个以肢体语言作为通用语言的世界，有武器就够了。不过她很少动枪，也很少亮出来。

胡子男的左轮手枪一直亮在外面。显然这已经足够震慑公交车司机。司机厌恶地啐了一口，瞪了胡子男好几眼，然后才迈着大步走向了满是浓烟的公交车。他愣了一会儿，想进去，可烟雾还很浓。所有的车窗中，只有驾驶室的那扇是开着的。前门也开着，但后门就得有人扶着才行，否则就会自动关闭。当然，车上的空调早就不能用了。想等烟雾散去，还需要好一阵子。公交车是司机的财产，是他的生计。车厢两侧贴着旧杂志里的图片，表示图片上的东西可以充作车费。收来的东西可以用来养家糊口，或是以物易物。车子停着不开，就意味着他没饭吃。但话说回来，要是莫名其妙的斗殴砸烂了车厢，同样会影响他的收入。他显然没想到这一层。他所看到的就是车子暂时不能开走。他冲着胡子男挥舞拳头，大呼小叫，似乎也喊出了几个字眼，但赖伊听不懂。她不知道这是自己的问题还是司机的问题。在过去的三年里，她几乎没有听到过连贯的人类语音，所以无法确定自己听懂了几分，也无法估计自己的损伤程度。

胡子男叹了口气。他瞥了一眼自己的轿车，朝赖伊招了招手。他要走了，但得先跟她提些要求。不，不对，他是想带她一起走。上他的车可有点儿冒险。尽管他穿着警察制服，但如今早已没有什么法律和秩序了——连话语都没了。

她摇摇头——是拒绝的意思，尽人皆知，可他还是连连招手。

她挥手让他走开。在受损较轻的人之间，像他这样故意引起对方潜在负面情绪的是很少见的。其他乘客纷纷张望过来。

一个刚打过架的家伙拍拍另一位的胳膊，指指胡子男，又指指赖伊，然后举起右手，伸出食指和中指，好像行了三分之二个童子军礼[1]。他动作很快，但即便在远处，那意思也是明摆着的：她和胡子男是一伙儿的。接下来会怎样呢？

那家伙朝着她走过来了。

赖伊不知道他想干什么，但站在原地没动。他比她高半英尺，可能比她小十来岁。她觉得自己跑不过、逃不开，万一需要帮忙，周围的人也指望不上。他们全都是陌生人。

她又一次示意——非常明确地要求他停下。她不打算再比画了，但幸运的是，他没再往前走。他做了个淫秽的手势，惹得几个男人哈哈大笑。有声语言的丧失催生了一整套新的粗俗手势。这家伙的意思简单明确：他污蔑她和胡子男有一腿，要她也陪陪其他男人，由他本人先来。

赖伊看着他，只觉得疲惫厌倦。要是他冲上来强奸她，别

1　童子军礼是食指、中指和无名指三指并列伸出，故此处称三分之二个童子军礼。

人肯定只会干站着看热闹。要是她开枪自卫，他们也会一样无动于衷。他会把事情推向那一步吗？

不会。他手舞足蹈地表达了下流的咒骂，但没再靠近，而是轻蔑地转身走开了。

而胡子男还在等着。他已经把左轮手枪连同枪套都摘掉了，两手空空地继续招呼她。毫无疑问，枪就在车里，随时都能拿到，可是，卸枪的行为打动了她。也许他没什么恶意。也许他只是觉得孤单。她也孤身一人生活了三年。怪病夺走了她的一切，一个接一个地杀死了她的孩子、她的丈夫、她的姐妹、她的父母……

这种怪病——如果它真是某种疾病——甚至把活人之间的联系也切断了。它迅速席卷全球，人们都顾不上甩锅给苏联（不过苏联也和其他地方一样，陷入了沉默），或是归咎于新型病毒、新的污染物、核辐射、天谴……怪病会让人突然病倒，连同某些后遗症，都有点像中风。但它表现得更为具体——语言系统严重受损，乃至彻底丧失，并且无法恢复，也无法重新习得。此外，便是常见的瘫痪、智力障碍、死亡。

有两个年轻人吹着口哨、拍着巴掌，还冲着胡子男竖起拇指，但赖伊并不理会，向他走去。但凡他露出一丁点儿笑意或是同流合污的意味，她都会改变主意。但凡她愿意想想搭陌生人的车可能带来的致命后果，她都会改变主意。然而，她想到的是住在街对面的那个男人。自从得了怪病，他就不怎么洗澡，而且还随地小便。他已经有了两个女人——每人替他照料一个大花园。为了换取他的保护，女人们只能忍着。而他明确表示过，想让赖伊成为他的第三个女人。

她上了车，胡子男关上了车门。她看着他绕到另一边的驾驶室——盯着他，因为他的枪就放在她旁边的驾驶座上。公交车司机和那两个年轻人走近了几步，但没什么举动，直到胡子男也上了车，其中一人才扔过来一块石头。其他人纷纷效仿，轿车开走时崩开了几块，人和车都没什么事。

公交车被远远地甩在后头，赖伊擦擦前额的汗，特别想放松一会儿。公交车其实已经开了大半程，她只要再步行十英里就能到达帕萨迪纳。可现在她拿不准还有多远了——而且，除了徒步跋涉，可能还有别的难题。

菲格罗亚大街和华盛顿大道交叉口是公交车左转的地方，轿车开到这里停下了，胡子男看着她，示意她选个方向。她指了左边，他真的左转了。她开始放心了。既然愿意按她选的方向开车，他应该没有恶意。

轿车掠过焦黑瓦砾、断壁残垣、空荡荡的街巷、损毁废弃的汽车，他绕头取下金链子递给她。坠子是一枚光亮滑润的黑色石头——黑曜石。看来，他的名字可能是洛克、彼得，或是布莱克，不过她决定称他为奥普斯汀[1]。虽然她的记忆力有时候不太顶用，但记住这样一个名字还是可以的。

1　这四个名字分别有不同的寓意：洛克（Rock）意为石头；彼得（Peter）源自希腊语 Πετρος，意为岩石；布莱克（Black）意为黑色；奥普斯汀（Obsidian）意为黑曜石。

她也递上了自己的"名片"——麦秆形状的金色徽章。这是很久以前买的，在罹患怪病、陷入沉默之前。现在，她把它戴在身上，作为最接近"赖伊"[1]的象征。不认识她的人，比如奥普斯汀，可能会以为她叫惠特[2]。无所谓。反正再也不会有人念出她的名字。

奥普斯汀把徽章还给她，趁她来接时拉住了她的手，大拇指摩挲着她手上的老茧。

轿车开到第一街，他又停下来，问她要往哪个方向走。按照她的意思，他向右拐弯，而后在音乐中心停了车。他拿起仪表盘上的那张叠着的纸，把它打开。赖伊认出那是一张地图，只是上面的字她全都不认得了。他把地图摊开铺平，又一次拉起她的手，用她的食指指向一个位置。他碰碰她，又碰碰自己，然后指了指地面。意思是，"咱们在这儿"。她知道，他想问的是，她要去哪儿。她很想告诉他，但还是悲伤地摇了摇头。她已经失去了读和写的能力。这是怪病带给她最严重也是最痛苦的损伤。她曾在加州大学洛杉矶分校教授历史。她还当过自由作家。可现在她连自己的手稿也看不懂了。她有一屋子的藏书，却再也无法阅读，也不忍心充作燃料。她如今的记忆就是，以前读过的书，全都记不起来了。

她盯着地图，试着计算。她出生在帕萨迪纳，后来在洛杉

---

1 赖伊（Rye），意为黑麦。
2 惠特（Wheat），意为小麦。

矶生活了十五年，此刻，她位于洛杉矶市民中心附近。她知道两地的相对位置，知道街道、方向，甚至还知道要避开高速公路，因为撞坏的汽车和坍塌的立交桥会把路堵死。就算她认不出"帕萨迪纳"这几个字，也应该能在地图上指出来吧。

她犹豫着，把手挪到地图右上角，按住了那个淡橙色的小方块。应该没错。帕萨迪纳。

奥普斯汀把她的手抬起来，看了看遮住的地方，然后叠好地图，放回仪表盘上。

他能读，她后知后觉地想。说不定，他也能写。她突然恨起他来了——深深的、苦涩的恨意。于他——一个玩"警察抓小偷"游戏的成年男人——读写能力有何意义？可是他，能读能写，她，却不能读也不能写。永远也不可能了。憎恨、沮丧和嫉妒翻腾得她直恶心。而她手边，只隔着几英寸，就有一支上膛的枪。

她死死地盯着他，几乎可以看见他流血的模样。可怒气忽高忽低、起起伏伏，她什么也没做。

奥普斯汀迟疑而亲昵地向她伸出了手。她看看他。她的脸色已然暴露无遗。任何一个还在人类社会的废墟中苟延残喘的人都不会认错这种嫉妒的神情。

她疲倦地闭上眼睛，深深地吸了口气。对昔日的渴望、对此刻的憎恨、与日俱增的无助和茫然，她全都体会过，但她从未体会过如此强烈的、想杀死一个人的冲动。她最终踏出家门其实是因为她差点杀死自己。她找不到活下去的理由了。或许，正是这个理由让她上了奥普斯汀的车。她以前从来没有做过这种事。

他用手碰碰她的嘴唇，手指一搭，开合两下，模仿张嘴的样子，意思是问她，能不能说话。

她点点头，看着他脸上淡淡的嫉妒转瞬即逝。这下，两个人都坦承了可能带来危险的秘密，而暴力没有发生。他拍拍自己的嘴，又拍拍脑门儿，然后摇摇头。他不能发音，也不能理解话语。怪病仿佛故意捉弄，夺走了他们各自最为珍视的东西。

她扯扯他的袖子，想知道他为什么还要用自己的孑然残躯留住洛杉矶警察局。除了这一桩，他可算得上心智健全了。他怎么不在家里种玉米、养兔子、带孩子呢？可是她不知道该怎么提问。这时，他把手放在她的大腿上，新的困扰来了。

她摇摇头。怪病、怀孕、绝望、孤独的痛苦……不行。

他轻轻地抚摸着她的腿，笑了，显然并不相信。

三年来，没有人碰过她。她不愿意，任谁都不行。这是怎样的世界啊？即便父亲愿意留下来尽责，也不能冒险让孩子来到人世。可是，这太难挨了。奥普斯汀可能并不知道自己在她眼里多有魅力。他年轻——可能比她还小——干净，坦诚索取而不苛刻强求。可是这些不重要。与拖累余生的后果相比，片刻欢愉算得上什么？

他把她拉过去，凑得更近，她也放任自己享受这短暂的亲密。他身上很好闻，男性的气息，舒服的气味。她违心地躲开了。

他叹了口气，伸手去开前面的杂物箱。她僵住了，不知道他想干什么。但他只是掏出了一只小盒子。盒子上的字她一个都不认得，直到他撕开封口，打开盒子，拿出一个避孕套，她才明白过来。他看看她，她惊讶地避开目光，可紧接着就咯咯咯地笑了起来。她都不记得上次笑出声是什么时候了。

他咧开嘴，指了指后座，她笑得更厉害了。她不喜欢后座，哪怕十几岁时也不喜欢。可眼下看着四周空无一人的街巷和毁坏殆尽的建筑，她下车，钻进后座。他任由她给他戴上避孕套，似乎惊讶于她的饥渴和热切。

后来，他们坐在一起，身上盖着他的那件大衣，暂且不想当着陌生人的面穿衣理容。他做出摇晃婴儿的动作，用疑问的目光望着她。

她咽下沉默，摇了摇头。她不知道该怎么表达：她的孩子都已不在人世。

他拉过她的手，用自己的食指在上面画了个十字，然后又晃晃无形的襁褓。

她点点头，竖起三根手指，背过身去，努力地按捺住汹涌袭来的记忆。她曾想过，那些活到现在的孩子才可怜。他们在这通都大邑里穿梭，却一点儿也不记得曾经的那些高楼大厦，甚至不记得它们是如何沦为废墟。如今的孩子们收集书本就像捡拾木头一样充作燃料。他们在大街上疯跑，追来赶去，像黑猩猩一样大呼小叫。他们没有未来。他们的未来就是现在。

他将手搭在她的肩膀上，而她却突然转身，摸过那只小盒子，催促他再来一次。他能给她暂时的欢愉和忘却。在此之前，还没有什么能够实现这些。在此之前，日复一日不过是将她推向离开家才可能避免的事：将枪管塞进嘴里，然后扣动扳机。

她问奥普斯汀愿不愿意跟她回家，和她一起生活。

他弄明白之后显得惊讶而开心，但是没有立刻回答。最终，他还是如她所惧怕的那样，摇了摇头。可能还是到处勾搭女人、玩"警察抓小偷"的游戏更有趣吧。

她沉默而失望地穿上衣服，对他没有丝毫的怒意。或许他是有妻子、有家的。这很有可能。怪病对男性的打击更大——男性的死亡比例更高，幸存者的后遗症也更严重。像奥普斯汀这样状况尚好的男人不多见。女人要么降低要求，要么独身一人，要是能碰上个"奥普斯汀"，必然会使出浑身解数缠住他。赖伊猜测，可能有更年轻、更漂亮的女人占有了他。

她挂好枪，系好带子。这时他摸摸她，比画着复杂的手势，问她有没有上膛。

她冷冷地点了点头。

他拍了拍她的胳膊。

她再次问他愿不愿意跟她回家，用了不同的手势。他似乎有些犹豫。或许她还可以争取争取。

他没给答复，下了车，坐回前排的驾驶座。

她也回到之前的位子，注视着他。他扯扯自己身上的制服，看着她。她觉得他是在问她，但问题到底是什么，她就不知道了。

他摘下他姓名的象征物，伸出一根手指敲敲，然后拍拍自己的胸脯。当然。

她接过他的项链，把自己的麦秆徽章别在上面。如果"警察抓小偷"是他仅有的荒唐失常，那就随他吧。她可以带他一起走了，连同他的警察制服。她突然想到最终可能还是会失去他：他会遇到别人，就像今天遇到她这样。但拥有一段时间也是可以的。

他又拿过地图，展开来，大致地指了指帕萨迪纳所在的东北方向，然后看着她。

她耸耸肩，先拍拍他的肩膀，又拍拍自己的肩膀，然后紧紧地并拢食指和中指，再次向他确认。

他攥住她的两根指头，点了点头。他跟她走。

她接过地图，扔到仪表盘上，指向西南方——回家的方向。现在没必要去帕萨迪纳了。就让那三个右撇子男人——哥哥和两个侄子——继续悬在那儿吧。现在她不用去确认他们的死活、不用担心自己会不会孤独无依了。现在她不是孤家寡人了。

奥普斯汀沿着希尔街往南开，然后向西拐上华盛顿大道，赖伊向后倚着，琢磨着再次拥有一个人陪伴会是什么样子。她搜罗来的、存下来的、自己种的那些食物，足够他们两个吃饱。带有四间卧室的房子，空间绰绰有余。把他的家当搬进去都可以。最大的好处是，街对面的那个禽兽会消停些，也就不至于逼她动手杀人了。

奥普斯汀把她拉到身边，她的头依偎着他的肩膀，这时他突然踩下刹车，差点儿把她甩出去。她的余光瞥见前面有人横穿马路。街上只有这一辆车，这人还非得从前面抢过去。

赖伊直起身子，看清那是个女人，她从一间木架旧屋逃出来，正冲向木板封起来的临街店面。她跑得无声无息，但追她的那个男人却边跑边嚷嚷，声音像乱码一样。他手里拿着什么东西，不是枪，可能是刀子。

女人想要开门，但门锁着，她绝望地四下环顾，只好捡起一块破碎的窗玻璃，转身应对追上来的男人。赖伊觉得比起刺伤别人，她那块玻璃可能更容易划伤自己。

奥普斯汀跳下车，叫了起来。这是赖伊第一次听到他的声音——怪病留下了低沉、沙哑的嗓音。他像不能说话的那些人一样，不停地重复着同样的音节：嗒！嗒！嗒！

赖伊下车时，奥普斯汀已经朝着那两个人跑了过去。他拔出了手枪。赖伊害怕起来，也拿出自己的，打开保险。她四处张望，想看看还有没有人注意到这一幕。她看见那个男人瞥了一眼奥普斯汀，接着突然冲向对面的女人。女人挥着碎玻璃刺向他的脸，但他扭住她的胳膊，哗哗两刀捅过去。奥普斯汀开枪了。

男人捂着肚子，弯腰倒在地上。奥普斯汀嚷嚷着，比画着，让赖伊过来帮帮那个女人。

赖伊走到女人身边，这才想起自己的背包里只有些绷带和消毒剂。可女人已经没救了。刺伤她的是一把又长又细的剔骨刀。

她碰碰奥普斯汀，想告诉他，女人已经死了。奥普斯汀正俯身查看——挨枪子儿的男人倒地不动，好像也死了。可就在奥普斯汀回头去看赖伊的手势时，地上的男人突然睁开了眼睛。面目狰狞，一把抽出奥普斯汀刚刚装进枪套里的手枪，扣动了扳机。子弹射穿了奥普斯汀的太阳穴，他应声倒地。

一切发生得那么干脆，那么迅速。转瞬间，赖伊也开了枪，把那个奄奄一息却还想朝她开枪的男人打死了。

又只剩下赖伊一个人了——还有三具尸体。

她在奥普斯汀身旁跪下，两眼干涸，眉头紧锁，实在不明白怎么突然就全都变了。奥普斯汀不在了。他死了，抛下她——就像其他人一样。

这时，刚才冲出男人和女人的那间木架旧屋，走出两个小孩。一个男孩，一个女孩，年纪很小，大约只有三岁。他们手拉着手，穿过马路，朝着赖伊走来。他们盯着她看了看，然后侧身绕过她，走向那个女人。小女孩摇晃着女人的胳膊，想要唤醒她。

这一幕太沉重了。赖伊站起来，悲伤和愤怒顶得她犯恶心。要是两个小孩哭起来，她肯定会吐出来的。

他们只能相依为命了。这个年纪应该已经会翻垃圾了吧。她没必要自寻伤痛。她没必要去管陌生人的孩子。那些孩子长大后也不过是无毛的黑猩猩罢了。

她转身往轿车那儿走。至少，得开回家。她还记得怎么开车。

还没走到车边，她又想到，应该将奥普斯汀安葬。这念头真的让她吐出来了。

和这个男人的相遇是如此迅速，失去也是如此迅速。就好像有人把她从自己的安乐窝里拽出去，莫名其妙地暴揍了一顿。她的头脑昏昏沉沉，不能思考了。

迷离之间，她折回去，凝视着他。她跪在他身旁，却怎么也想不起来自己曾经跪下过。她抚摸着他的脸，他的胡子。小孩发出了点儿声音，她望过去，望着他们和那个或许是他们母亲的女人。两个孩子回望着她，显然吓坏了。或许，最终打动她的就是这恐惧。

她本来都要开车走人了，留下他们自生自灭。她差一点就走了，差一点就撇下两个刚会走路的孩子，让他们等死。等死的人已经够多了。她要把这两个小孩带回家。决心已下，不照做就活不下去。她四下张望，想找个地方埋葬三具尸体。或许，是两具。她猜测那凶手是两个小孩的父亲。在怪病和沉默降临之前，警方就常常表示，最危险的出警就是处理家暴事件。奥普斯汀应该知道这些——但知道这些，他也不能允许自己就这么待在车里。她自己也不会袖手旁观。她不可能眼睁睁地看着那个女人惨遭杀害却无动于衷。

她拖着奥普斯汀往轿车那边走。她没有挖土的工具，也没人能帮忙望风。还是把尸体带回去，埋在她的丈夫和孩子们旁边吧。奥普斯汀，终究跟她回家了。

当她把他拖到轿车后排的底板上，又折回去搬那个女人时，那个小女孩——面黄肌瘦、脏兮兮、板着脸的小女孩——猝不及防地给了她一份礼物。赖伊正要拉起女人的胳膊，她突然尖叫："不！"

赖伊松了手，怔怔地盯着小女孩。

"不！"她重复，护在女人身边，警告赖伊，"走开！"

"别说话！"小男孩拦着她。这不是混乱、模糊的声音。两个孩子发出的语音，赖伊都能够听懂。男孩看看殒命的凶手，躲开了，接着拉起女孩的手，轻声说："安静。"

流利的话语！那女人是因为自己能说话，也教孩子们说话，所以才死于非命的吗？杀死她的，是丈夫与日俱增的恼怒，还是陌生人因妒而生的恨意？这两个孩子……肯定是出生于语音消亡之后。是怪病退散了吗？还是说，只有孩子们拥有免疫能力？不然他们早该罹患怪病、失去语音了。赖伊的思绪跳得飞快。是不是三岁以下的孩子不受影响，还有习得语言的能力？他们会不会只是缺少老师？老师，还有守护者。

赖伊瞥了一眼死去的凶手。她心里有些愧疚，因为不论他是什么人，驱使他行凶作恶的冲动，她是可以理解的。愤怒、沮丧、绝望、疯狂的嫉妒……无法拥有就毁掉，像他这样的人，还有多少？

奥普斯汀曾经是个守护者。不知出于什么原因，他选择了这个角色。他宁愿穿上过时的警察制服，在空荡荡的街上巡逻，也不愿把枪管塞进自己嘴里。现在，值得守护的对象出现了，他却不在了。

　　她当过老师，当得很不错。她也充当过守护者，只不过守护的是自己。当活着变得毫无意义时，她守护着自己，活了下来。如果怪病放过了这些孩子，那么她就该守护他们，让他们活下去。

　　她把死去的女人抱上轿车后座，两个小孩哭了。但她在残破的人行道上跪了下来，生怕自己那久违的刺耳声音吓着他们。

　　"没事的，"她对他们说，"你们也一起来，走吧。"她抱起他们，一手一个。真轻啊。是不是一直没吃过饱饭？

　　男孩捂住了嘴巴。她望向别处。"跟我说话是可以的，"她告诉他们，"只要周围没有别人，就可以。"她把男孩放在前座，不等她提醒，他自己就挪了挪，给女孩让出了地方。赖伊最后上了车，倚着车窗，看着孩子们。他们现在不那么害怕了，至少，他们的眼神里出现了和恐惧一样多的好奇。

　　"我叫瓦莱丽·赖伊，"她咀嚼着口中的语音，"你们跟我说话，是可以的。"

后 记

　　《语音》是在疲惫、沮丧和悲伤中诞生的。刚开始写的时候，我对人类不抱希望，也没有好感，但写到结尾时，希望又回来了。似乎总是如此。《语音》背后其实有个真实的故事。

　　20世纪80年代初，我的一个好朋友罹患了多发性骨髓瘤，时日无多。这是一种特别危险、特别痛苦的癌症。在此之前，我失去过高龄长辈和家族世交，但从未失去过个人的朋友。我没有见过相对年轻的人痛苦而缓慢地因为疾病走向死亡。我那位朋友还有一年的时光，所以我每个星期六都带上新写的一章小说去看望她，渐渐成了习惯。当时我正在写的是《克莱的方舟》[1]，它的主题是疾病和死亡，并不适合卧病在床的人。但朋友常读我的小说，这一本也想先睹为快。我猜，或许我们都觉得她等不到这本书正式面世了——当然，这话我们谁也没说出口。

　　我讨厌这种探望。她是个好人，我很爱她，不愿意看她就这么死去。然而，每个星期六，我还是照旧乘上公交车——我不会开车——到她的病房或公寓去看她。她日渐消瘦，每况愈下，并且因为疼痛的折磨而变得暴躁。我的心情也越来越压抑。

1　*Clay's Ark*，《克莱的方舟》为译者译，"clay"有引申义"肉体"，"ark"有另一词义"约柜"。故事背景为一场瘟疫。

某个星期六，我坐在拥挤难闻的公交车上，一边闪躲腾挪，不让人们踩到我的脚，一边尽量不去胡思乱想，这时，我发现对面正有一桩麻烦事酝酿着。一个男人觉得某人看他的眼神不对，惹他不快。眼神有什么对不对的！在公交车上挤着，谁知道该往哪里看呢！

对方辩解说自己什么也没做错——确实如此。他慢吞吞地往外挤，似乎不想惹祸上身，可随后又绕回去了，继续争辩不休。或许是出于自尊心吧。他又没错，为什么要落荒而逃？

这次，那个男人觉得"不对的眼神"转向了坐在他身边的女朋友，于是大打出手。

这场斗殴短暂而血腥。其他乘客躲躲闪闪，大呼小叫，生怕被误伤。最后，打人的家伙怕司机报警，带着女朋友匆匆下了车。挨打的倒霉蛋自尊心全无，晕头转向，满身是血，环顾四周，好像还不明白发生了什么事。

我坐在原处，更加沮丧了。整件事是多么愚蠢，多么让人绝望啊，人类这个物种什么时候才能有些长进，学会不用拳头的交流方式呢。

于是，故事的开头跃入脑海："华盛顿大道的公交车上出事了。"

交叉点

Crossover

本篇最早刊登于《号角》(*Clarion*，1971)。

——编者注

　　那天上班时，他们安排她把 J9 插件焊接到线束上。她的工作量是其他人的两倍，她当然照做了，唯一的回报是姑娘们的怨恨，因为她们动作慢，和她相比显得很不卖力。于是，吃午饭时，就有几个追到她的角桌边，叫她别那么快。情况就是如此：要是她好好干，工头就会放过她，但工友们却会讨厌她；要是她不好好干，工友们倒能放过她，可工头却会在考核表上批评她"态度不佳"。她已经两年没加薪了。要不是害怕换个新地方得从头再来，甚至可能碰上更难缠的人，她早就辞职了。

　　整个下午她只想来两三片阿司匹林，然后睡上一觉。一连三个月都没犯过头疼，这次把她吓着了。

　　然而，像往常一样，她还是扛了一整天。下车时，她居然饿了，得顺路买份什么东西当晚餐。因为头疼，她去了距离更近的酒铺，没去杂货店。都是因为她头疼。

　　酒铺位于街角，离她上班的地方只有两个街区。对面是台球厅和酒吧，不远处还有一家廉价旅馆。这里于是就成了某类人的聚集地。

　　她到那儿的时候，街角已经聚了些人，除了常见的酒鬼和妓女，还有一群十几岁的男孩。他们无所事事，非要招惹她不可。他们先是交头接耳，大声嬉笑，等她经过时，便招呼起来。

"喂，杰弗瑞，你的老宝贝儿来了！"

"女士，是有辆车从您脸上轧过去了吗？可真不该呀！"

"嘿，女士，这个男孩说他喜欢你！"

一个醉汉暗搓搓地凑上来："走啊，亲爱的，跟我到屋里去吧！"

她从酒精的浓雾中挣脱出来，走进了店铺。店员很不客气，他对所有人都很不客气。明明他自己也不算个人物。她离开时，那个醉汉拽住了她的胳膊。

"来呀，别急着走，聊聊嘛……"她压不住心里的厌恶，几乎是跑着躲开了。可他仍然站在路中央，摇摇晃晃地盯着她的背影看。

走近那家旅馆时，她发现窄小的门廊里站着一个人。一个男人，脸有点儿不对劲。好像是……她差点儿转身折回醉汉那儿去，但就在她迟疑的片刻，男人出来了，并直接走向她。她连忙打量四周，惊恐地睁大了眼睛。没有人注意这边，就连刚才那个醉汉也走了。

男人开口了："你不理我我就不走。"他的左脸上有道疤，从眼睛一直延伸到下巴。每当他说话、微笑，或者皱眉，这道疤就会一下下地抽动，惹得她盯着看，忽略其他的一切。有时甚至都可以不去听他到底讲了什么。此刻，她盯着这道疤，心里飞快地盘算。

"你出来了。"她的声音里唯有苦涩。

他大笑，那道疤应声隆起，像条蠕动的虫子。"今天早上出来的。我还以为你会来接我。"

"你想多了。三个月前我就告诉过你，要我说，你就该永远被关起来。"

"你又不是真那么想的。九十天。已经不短了。"

"你在惹事前就该想到这一点。"

"是啊，有人揍我，还拔了刀，我哪还有工夫惦记着你不愿意我打架。"他顿了顿，"我说，在里面的时候，你至少该来见我一次吧。"

"抱歉。"她的声音干巴巴的，丝毫不掩饰敷衍的意味。

他厌恶地出声："总有一天你会为一切感到抱歉的……"

"好吧，我不觉得抱歉，我他妈根本不在乎。"她眯起眼睛，冲他劈头盖脸地说，"你怎么不另找个女孩？你再进去时乐意去看你的那种？"

他脸上的疤几乎没动弹："三个月来变化挺大？"

"变化很大。"

"有别人了？能帮你忘记我的那种？"

她笑了，笑了一声，笑得十分苦涩。"不止一个呢，亲爱的，十几个！看见街角那群家伙了吗？他们都等不及要泡我呢！"

他淡然："好了好了，别说了。"他搂住她，往她的公寓走去。

之后，他们吃了饭，做了爱，她双手抱头坐着，不去听他在说什么。这种心不在焉一直延续到她听见自己愿意回答的问题。

"你就从来没有期待过吗？出现个模样体面的家伙，救你离开那个破工厂和这个破地方……让你离我远远的……"

"模样体面的家伙要我干吗？"

他没回答，而是接着问："你的药箱里还留着那瓶安眠药？"

见她不吭声，他自己去看了一眼。"换成非处方药了，"他回来时说，"原来的那些呢？"

"倒厕所里了。"

"为什么？"

她还是不吭声。

静了一会儿，他更加温柔地追问："什么时候？"

"我……它……它把你送进监狱的时候。"

"然后你就做出再也不想见我的样子。"

她摇头："确实不想见。"

"我也不想死，和你一样。"

她一怔，瞥了他一眼。他明知道不该说这种话。说出来就是为了刺伤她。仅此而已。

她说："我就算死也不想重蹈三个月前的覆辙。"

"那为什么把药扔了？"

"为了活下去。一个人。"

他笑了："那你又是什么时候反悔的？"

她抓起沉甸甸的玻璃烟灰缸扔向窗边。烟灰缸从他身边擦过，撞向后面的墙壁，断成三截。

他看看碎块，又看看她："想砸我的话应该好好瞄准啊。"

她开始哭，不知不觉地哭喊叫嚷起来："滚出去！别烦我！离我远点儿！"

他没动。

这时，邻居来敲门了，想看看这吵闹声是怎么回事。她镇定下来才去开门，可当她解释说什么事都没有时，他却走出来，在她身后站定了。她用不着看就知道他在那儿。她极力保持镇定，直到邻居开口说："你一个人挺寂寞的吧？来我家里聊聊天怎么样？"

真像个愚蠢而幼稚的玩笑。这本就该是个玩笑。她没有崩溃，把那个女人打发走了。

她转过身，凝视着他——凝视着本来就不英俊的面庞上的伤疤。她摇摇头又哭了，没去管那些眼泪。他似乎知道此时不该碰她。

过了一会儿，她穿上外套，向门外走去。

"我要跟着你。"

她看着他，眼神里凝聚了积蓄已久的全部怨恨。"你想干什么，我都奉陪。"她第一次在他的眼中看到了恐惧。

"你要去哪儿？"

她说："你何必去街上堵我。刚才也用不着跟到门口。更不需要提起……"

"简，你要去哪儿？"

她最最讨厌的就是自己的名字。他们共处的这段时间里，他只这么喊过她两次。她猛地摔上了门。

"总是离不开你，我又算什么？"她真希望当着他的面把这句话说出来，但已经无所谓了。不过是另一件没勇气做的事罢了。就像接受孤独、死亡，或是……

她原路折回酒铺。年轻男孩们已经散了，但那个醉汉还在。他倚着一根电线杆，手里拎着个袋子，袋子凸起酒瓶的形状。

"你还是回来了，嗯？"他不肯站在远处说话，非得贴在她脸边不可。她凭着意志才没吐出来。

他把袋子塞给她："想喝就来几口。我屋里还有的是……"

她盯着酒瓶端详片刻，随后一把抓过来往嘴里猛倒，既不品尝，也不思考，甚至不缓一口气。她一生中大部分时间都在与酒鬼厮混。她知道只要喝得够多，一切就都不是问题。

她任由那个醉汉搀着她往旅馆去。街区另一边，一个脸上有疤的男人正朝他们走来。她拎起酒瓶又灌了一口，等待他消失在视野中。

后 记

我曾在工厂、仓库、食品加工厂、办公室和直销零售店干过那种可怕的小零活。在那样的地方，总能见到一两个怪人。大家多少对他们有些了解。他们有的确实在服药，有的没有。但不论是否接受药物治疗，他们身上都有着严重的问题，一望便知。

我提心吊胆，害怕自己也会变成其中一员。我想，那种枯燥乏味的工作足以把任何人逼疯。在大多数同事眼里，我可能已经够怪的了。我抓紧一切休息时间写东西，还为了写东西早起，结果把自己弄得疲惫而暴躁。

《交叉点》的灵感来源于那段时间，也是在那段时间里写出来的。它诞生于1970年夏天的"克莱瑞恩科幻与奇幻作家工作坊"[1]。当时，我还从未售出过任何作品。"克莱瑞恩"的导师罗宾·斯科特·威尔逊买下了这篇《交叉点》，哈兰·埃里森买下了另外几篇。我喜出望外，觉得自己就要成为真正的作家了，再也不用面对失败和恼人的粗活了。但其实，在我卖出下一部作品之前，退稿信和可怕的小零活又陪了我五年。

我没有像《交叉点》中的主人公那样陷入酗酒的恶习或产

1　原文为"Clarion Science Fiction and Fantasy Writers' Workshop"。

生幻觉，但我一直关注着打工地的那些怪人，每当我稍稍偏离方向，他们就会把我吓回打字机前。

恩典

Amnesty

本篇最早刊登于科幻网（SciFi.com，2003.1.22）。

——编者注

　　一个球状的异族群落——长、宽都足有十二英尺——滑入了翻译官诺亚·坎农的雇主的食品生产大厅。这个外来大球表现出了和身形不相符的敏捷和优雅，它沿着小径一路滚过来，完全没碰到长着易碎食用菌的高垄。诺亚心想，它看起来就像一株被苔藓包裹的黑色大灌木，不规则形状的叶子、蓬乱的苔藓、扭曲的藤蔓厚厚地蒙了一层，透不进光。还有几根粗壮的、光秃秃的枝杈从主干上叉出来，打破了对称，让这群落显出一副亟待修剪的模样。

　　诺亚看到它，又看到自己的雇主——一株矮小但保养得很好的茂密黑色灌木——躲得远远的，就知道她一直要求的新项目到手了。

　　异族群落停住了，底部摊平，可流动机体向上迁移，暂时休眠。它关注着诺亚，闪烁的电流缭绕在巨大幽深的黑色身躯之内。诺亚知道这种光电符号是一种语言，但她不明白它在表达什么。群落之内、群落之间，都是这样"对话"的，但它们发出的光移动得太快，她甚至没法学习这种语言。不过，仅仅是"看见"这些符号，就意味着这个异族群落的通信单元访问了她。群落利用自己暂时失活的机体来屏蔽外部未访问的个体，看不见符号便无法实现通信。

　　她瞥了一眼雇主，发现它不再"盯着"自己了。它没有实体的"眼睛"，但不管她能不能看见这双"眼睛"，它的视觉单元都是极其高效的。此刻，它紧紧地缩起来，不像灌木了，像长着刺的石头。每当事涉隐私，或是决意中止正在进行的事项时，群落就会调整为此种形态。雇主曾警告过她，她的这份工作不会多愉快，因为她不仅得面对人类的普遍敌意，还得应付那些棘手难搞的异族中介。异族中介和人类没什么接触，可行的交流方式是基于它们的蹩脚词汇创造出来的通用语言，但最好的情况也不过是实现最初级的沟通，一如它们对人类能力和局限性的理解。换句话说：异族中介可能会伤害她，不管有意还是无意。她的雇主曾表示，这个项目她不是非接不可，如果她拒绝为异族中介服务，它会支持她。它并不完全肯定她争取新项目的决定。如今它刻意的回避，更多的是出于疏远，而非礼貌或隐私。"你自己看着办吧。"它的姿态如是表达。诺亚笑了。要是它真能放任她"自己看着办"，她是绝不可能为它工作的。然而，它没再继续，而是留下她自己应付陌生的外来者。它只管等着。

　　异族中介以亮光向她发出信号。

　　她顺从地走过去，站得很近，好让那些看似覆盖着苔藓的"细枝"和"枝梢"接触她裸露的皮肤。她只穿了短裤和吊带衫。群落本来要求的是全裸。在漫长的囚禁岁月里，她别无选择。她曾经一丝不挂，但如今她不算俘虏了，所以坚持保留了最基本的遮羞衣物。

　　异族中介立刻将她包裹起来，向上、向内，把她拉进自己的多个单体之中。先是各式各样的运动机体将她往上提起，而后又由某种苔藓似的东西牢牢固定。群落并非植物，但按照植物的概念去看待它们是最容易的，因为大多时候，它们就是一副植物的模样。

　　包裹于群落之内，她什么也看不见。她闭上眼睛，免得想看看不到，又要胡思乱想、走神分心。她感受着四周，觉得环绕着自己的仿佛是长而干燥的纤维、叶状体、大大小小的圆形果实，以及触感不太明确的东西。她立刻感知到了触碰、轻抚、信息传递和按压，它们给予她一种奇特的舒适与平和，而这正是她接受雇用后所期待的。她被翻来翻去，摸来摸去，好像一点儿重量也没有似的。其实，没过一会儿，她真的感受到了失重。方向感渐渐远去，但是被完全不像人类四肢的异族单元紧紧箍住，又觉得很安心。为什么会产生愉悦感呢，她一直不明白，但在十二年的囚禁中，这种不时出现的愉悦感是她仅有的可靠慰藉，足够支撑她忍受一切遭遇。

　　幸运的是，群落也感到了慰藉——甚至更甚于她。

　　片刻之后，她感到背上拂过一阵快速的按压感，那种特殊的节奏意在提示。群落喜欢人类脊背的皮肤，宽阔且平整。

　　她用右手比画了一下，示意群落，她全神贯注，准备接收。

　　六个新手，它在她背上接连按压，输出信号，你来教他们。

　　好的，她只用手和胳膊输出信号。包裹在内时，群落希望她做出的示意动作小而克制，身在外部、无法触碰时，群落希望她动作放大，手和胳膊摆动挥舞，全身都动起来。起初她猜测这是不是因为它们看不清楚。现在她知道它们的视力远超自己——视觉单元能够涵盖极远的距离，能够看见大多数病毒和部分细菌，还能辨识从紫外线到红外线的颜色范围。

其实，它们之所以希望她在脱离包裹、不会造成踢打误伤的时候做出大幅动作，纯粹是因为它们喜欢看她动起来。就是这么简单，就是这么奇怪。这些异族群落已经对人类的某些舞蹈表演和体育赛事生出了真正的喜爱，尤其是单人体操和单人滑冰。

新手受了干扰，异族中介继续"说"，彼此都有危险，要安抚。

我尽力，诺亚应承，我会回答他们的问题，让他们放心，不要害怕。她私下里认为比恐惧更普遍的情绪可能是仇恨，但既然中介不知道这一点，她也不会提起。

安抚他们，异族中介重申。她明白这就是字面上的意思：把他们从不安的人类变成平静的、愿意工作的人类。异族群落只需要通过互换某些单元就能实现"改变"这一过程——前提是双方都愿意。它们大多推己及人，认为人类也该如此，否则，就是太固执。

诺亚也重申：我会回答他们的问题，让他们放心，告诉他们不要害怕。我能做的就是这些。

他们会平静下来吗？

她深吸一口气，知道伤害即将袭来——扭曲或撕扯，骨折或昏迷。许多群落的惩罚一如它们的态度，对拒绝服从命令的人相对宽容，对判定为说谎的人则严厉得多。实际上这些惩罚是时代的遗留物：当年，因不确定人类的能力、智力和感知力，这些异族群落实施了囚禁。人们本来不该再受惩罚，可惩罚自然而然地延续下来了。此刻，诺亚心想，不管惩罚是什么，最好还是能避则避。她淡然打着手势：他们中有些人会相信我的话并平静下来，其他人则需要时间和经验的安抚。

她立刻感到四周的包裹更紧了，甚至有了疼痛感——用群落的姿态而言，这叫作"紧箍"——紧得她连胳膊也动弹不了，紧得她就算疼也无法扭动，无法误伤群落的其他单体。就在她快被挤压出内伤的时候，它松开了。

电击突然袭来，诺亚全身一阵抽搐。电流沙哑嘶鸣，逼得她几乎喘不过气。电流的强光，哪怕她紧闭双眼也仍然感受得到。猛烈的刺激之下，她的肌肉扭曲变形了。

安抚他们，群落不依不饶地重复。

她一开始没能回应，费了好大一番力气才控制住疼痛颤抖的身体，理解了对方表达的东西。她又缓了一会儿，手和胳膊能自由弯曲了，同时她也终于想好了要如何回应——唯一的答案，不管它的代价是什么。

我会回答他们的问题，让他们放心，不要害怕。

"紧箍"又持续了几秒钟，她以为会再次遭受电击。然而片刻之后，她只感觉眼角掠过了几束光，而且这光似乎也没把她怎么样。接着，沟通结束了，诺亚被送回雇主那儿，异族中介也消失了。

她从黑暗转至另一片黑暗，什么也看不见，什么也听不见，只有群落移动时惯有的窸窸窣窣的声音。周身的气味没有变化，即使有，她的鼻子也没有灵敏到可以察觉的程度。然而不知怎的，她辨认出了雇主的触碰。她松了口气。

你受伤了吗？雇主发出信号。

没有，她回答，只是关节和有的地方有点儿疼。那个项目归我了吗？

当然。如果那个中介还想胁迫你，你得告诉我。它现在是明白了。我跟它明确过，如果伤害了你，我就不准你再为它工作了。

谢谢。

片刻的静止。而后雇主轻轻地摩挲她，安抚她，同时也愉悦自己。你坚持要接这些工作，但你没法借此实现你想要的改变。你很清楚。你改变不了你们人类，也改变不了我们。

我能改变，哪怕一点一点来，她表达着，一个一个的群落，一个一个的人。我真希望能干得更快些。

所以你就任由中介欺负你。你想让你们的人看见新的可能，理解已经发生的变化，但他们中的大多数都听不进去，还会恨你。

我想激发他们思考。我想坦白人类政府不会明说的那些事。我想说出真相，用真相支持两个族群之间的和平。我不知道我的这些努力长远看来有什么好处，但我必须试一试。

那就随你吧。在中介回来找你之前，沉住气。

诺亚欣慰地舒了口气，又静静地待了一会儿。尽管你并不相信，但还是要多谢你帮我。

我想相信，但你不会成功的。你们有好几股人的力量正想方设法要毁灭我们。

诺亚一震。我知道。你能阻止他们吗？但别大开杀戒……

雇主换了姿势，抚摸着她。恐怕不行，他们给出信号，我不会再放过他们了。

"翻译官，"应征者们鱼贯进入会议室时，米歇尔·太田先开口了，"这些……这些东西……真能明白我们是'智慧生命'？"

她跟在诺亚后面进了会议室，等着看准诺亚坐在哪儿，然后在她旁边落座。诺亚注意到，即便是非正式的答疑会，六位应征者中也只有两位愿意挨着她，其中之一就是米歇尔。诺亚有他们需要的信息。她眼下的职位，他们中的有些人将来也会得到，但这份工作——异族群落的翻译官和人事专员——成了他们不信任她的理由。另一个愿意坐在她旁边的是索雷尔·特伦特。这位应征者热衷于地外精神体——谁知道那是什么玩意儿。

其他四人的座位则离诺亚有些距离。

"群落当然明白我们是'智慧生命'。"诺亚说。

"我的意思是，我知道，您是为它们工作的，"米歇尔·太田瞥了她一眼，稍稍犹豫，继续说道，"我也想为它们工作。因为至少它们还雇人，而别处几乎都不招人了。可是，它们到底是怎样看待我们的？"

"它们很快就会为你们当中的几位提供合同，"诺亚说，"如果只是把你们当作牛羊牲畜，它们就不会浪费时间这么做了。"她放松地倒在椅子里，看着几位应征者从柜子里取出水、水果或坚果。不管能不能拿到职位，食物干净又新鲜，而且还是免费的。她知道，对大多数应征者来说，这可能是当天第一口吃的。食物很贵，在萧条时期，一天能吃一顿就很不错了。看到他们大快朵颐，她很高兴。是她执意要求会议室为答疑会提供食物的。

她自己也享受着罕有的舒适——脚上穿着鞋子，身上穿着黑色棉质长裤和飘逸的彩色束腰外衣。这里的家具也是为人类的身体设计的——带有高靠背和软垫的扶手椅，还有一张桌子，可以把胳膊搭在上面休息，也可以当作饭桌。莫哈韦沙漠泡堡的宿舍里并没有这样的家具。她觉得如果向雇主提出要求，她现在至少能要来些家具，但她没提过，也不会提。人类的东西就该出现在人类的地盘。

"可是对于另一个星系的东西来说，合同到底算什么？"米歇尔·太田追问。

鲁内·约翰森开口了："是啊，耐人寻味，合它们心意的时候，那些生物很快就入乡随俗，接纳地球的方式了。翻译官，您当真相信它们情愿受制于自己签署的那些东西吗？它们又没有手，天知道是怎么个签署法儿。"

"如果它们和你们都签了合同，那么它们就会认为，合同是约束双方的。"诺亚说，"而且，它们拥有高度个性化的标记，足以完成签署这一行为。它们在这里投入了大量的精力和财力，和这里的翻译官、律师、政客打交道，所以每个群落都被视作法律意义上的'个人'，其个性化标记也就被认可了。二十年来，它们一向都是按合同办事的。"

鲁内·约翰森晃晃一头金发的脑袋："反正，它们在地球上的时间比我的年纪还长，但它们在这里出现就是怪怪的。好像它们的存在是个错误。我并不特别讨厌它们，可总是感觉不对劲。我想，这是因为自比宇宙中心的我们再次被取代了吧。我是说，整个人类。纵观历史、神话，甚至是科学，我们总是把自己放在中心位置，然后遭到驱逐。"

诺亚笑了，既惊讶又高兴："你说的这些我也有感触。现在，我们和群落呈现出手足相争的局面。另一种智慧生命体出现了。宇宙竟然还有别的爱子。我们明明心里知道，但在它们到来之前，还可以假装没这回事。"

"全是废话！"说话的女士名叫希拉·科利尔，她是个身高体壮、脾气有点儿暴躁的年轻红发女人。"那些杂草不请自来，偷占了我们的土地，绑架了我们的人民。"她把一直在吃的苹果重重地往桌子上一摔，苹果碎成几块，汁水四溅。"这一点我们需要铭记在心，我们需要采取行动！"

"什么行动？"另一位女士问，"我们是来应聘的，不是来打仗的。"

诺亚在记忆中搜索她的名字——彼达·鲁伊斯，身材矮小，棕色皮肤，英语吐字清晰，但带有很重的西班牙口音。她的脸上和胳膊上都泛着瘀青，好像不久前被谁狠揍了一顿似的，不过诺亚在应征者进入会议室之前就询问过她的伤势，她昂着头说自己很好，什么事也没有。也许有人不愿意她申请泡堡的工作吧。考虑到时不时就兴起的流言，有关群落，有关它们雇用人类是因为什么，她落得此副模样也不奇怪。

"翻译官，这些外星生物跟您讲过它们来这儿的始末吗？"鲁内·约翰森问。诺亚记得读过他附在求职申请书中的个人履历。他的父亲是个做服装买卖的生意人，没能在群落带来的经济萧条中幸存。鲁内想好好赡养父母，也想结婚生子。而讽刺的是，短期内实现这两个愿望的途径似乎都是给群落打工。"按您的年纪，应该记得它们刚到地球时的所作所为吧，"他说，"它们有没有跟您讲过，当年为什么要挟持人类、杀害人类……"

"它们确实曾挟持过我。"诺亚坦承。

这话让整个房间陷入沉默，持续了好几秒。六位未来的新员工都紧盯着她，可能出于疑惑或同情、揣测或担忧，也可能是因恐惧、犹疑、厌恶而产生的畏缩。更早之前，她就从新员工或知晓她经历的人那里收到过这种反馈。人们向来无法对被挟持者保持中立。诺亚往往会用自己的过去来引发质疑、指责，或许还有思考。

"诺亚·坎农，"鲁内·约翰森直呼其名，说明他至少仔细听了她的自我介绍，"这个名字有些耳熟。第二波挟持事件里有您。我记得在被挟持者名单里见过您的名字。因为标注了'女性'，所以我留意了。我还从来没碰见过叫'诺亚'的女士呢。"

"他们绑架了你，你现在倒为他们干活儿？"说话的是詹姆斯·亨特·阿迪奥，一个又高又瘦、满面怒意的黑人青年。诺亚自己也是黑人，但阿迪奥似乎在他们首次见面的那一刻就不喜欢她。此刻，他不只是气愤，还流露出了厌恶。

"我被带走时十一岁，"诺亚回答鲁内·约翰森，"你没记错，我就在第二批被劫持者中。"

"然后呢？它们拿你做实验了？"詹姆斯·阿迪奥问。

诺亚迎着他的目光："是的，它们拿我做了实验。第一批被劫持者的遭遇比较惨。群落对人类一无所知。它们用实验和饮食缺乏症杀死了一部分人，又毒死了一些。它们把我抓去时，至少已经知道，要避免意外杀人这种事。"

"所以呢？你就原谅它们的所作所为了？"

"阿迪奥先生，你是生我的气，还是替我不忿？"

"因为我不得不来，所以愤怒！"他站起来，绕着桌子踱步，绕了两圈才重新坐下。"这一切都叫我生气！那些杂草入侵我们的家园，摧毁我们的经济，露露脸就让整个世界奄奄一息。它们对我们为所欲为，而我呢，非但不能杀了它们，反而要乞求它们赏我一份工作！"他确实急需这份工作。他第一次申请为群落工作时，诺亚就读过他的资料了。詹姆斯·阿迪奥今年二十岁，是家里七个孩子中的老大，也是唯一一个已经成年的孩子。他需要用这份工作来养活弟弟妹妹。不过，诺亚觉得，不管外星异族是否雇用他，他对它们的恨意都不会削减分毫。

"您为什么肯为它们工作呢？"彼达·鲁伊斯轻声问诺亚，"它们伤害了您，您就不恨它们吗？如果换作我，我肯定会恨它们的。"

"它们想了解我们，想与我们交流，"诺亚说，"它们想知道我们之间是如何相处的，想知道那些它们视作正常的事，换我们能承受多少。"

"这是它们告诉你的吗？"希拉·科利尔追问。她一挥手将摔碎的苹果扫到地上，怒目瞪着诺亚，好像想把她也一起扫走似的。诺亚看着她，意识到希拉·科利尔其实很害怕。好吧，大家都很害怕，但希拉的恐惧表现为大发雷霆。

"是群落告诉我的，"诺亚坦然，"但交流始于语言出现之后。那是一套拼凑出来的符号，由它们当中的一部分和我们当中的一部分——幸存下来的俘虏——共同完成。它们刚把我抓去时，没法告诉我任何事。"

希拉冷哼一声："是啊，它们知道如何穿越以光年计的空间，却非得先折磨我们一通才能找到交流的方式。"

诺亚放任自己恼怒片刻。"科利尔女士，你并不是当事人。当时你还没出生呢。事情发生在我身上，不是你。"也没有牵扯希拉·科利尔的任何一位家人。诺亚仔细想了想。这些应征者的亲友都不曾卷入挟持事件。这很重要，否则，人们会在意识到自己拿群落没办法时转而报复翻译官。

"受害人多着呢，"希拉·科利尔说，"可那种事根本就不该发生。"

诺亚只耸了耸肩。

"它们那样对您，您就不恨它们吗？"彼达悄声问。悄声细语好像就是她一贯的讲话方式。

"不恨。"诺亚说，"曾经恨过，尤其是它们开始了解我们，却继续置我们于万劫不复之地的时候。它们就像用动物做实验的人类科学家，没有残忍的意味，但是不留余地。"

"那还是像动物一样，"米歇尔·太田说，"可您说它们——"

"是当时的感受，"诺亚打断她，"不是现在。"

"你为什么要维护它们？"希拉质问，"它们入侵了我们的家园，折磨我们的同类。它们为所欲为，可我们甚至连它们长什么样都不知道。"

鲁内·约翰森替诺亚解了围，他问："翻译官，它们到底是什么样子？你近距离地端详过吧？"

诺亚几乎要笑出来。群落是什么模样，这通常是这类人提出的第一个问题。不论从媒体上看到什么、听到什么，人们总是要把群落设想为单独的个体——形似灌木或大树，或者另有真容，只是披着灌木丛当作伪装。

"它们和我们所知的一切事物都不一样，"她告诉他们，"听说有人以海胆作比，这是完全错误的。还有人说它们像一群蜜蜂或黄蜂——虽然也不对，不过接近了。在我看来，它们名副其实——每个群落都包含数百个单体，是智慧个体的集合。这种说法也是错误的。实际上，单体不能独立存活，但是可以离开原来的群落，暂时或永久地迁移到另一个群落。它们是完全不同的进化路径的产物。我看它们，和你们看到的一样：外部的枝杈，随后是黑暗，闪烁的光，内部的动态。还想多听些吗？"

他们都点点头，全神贯注地向前倾着身子，唯独詹姆斯·阿迪奥向后倚着，黝黑光滑的年轻脸庞上，露出轻蔑的神情。

"像枝杈、叶子、苔藓和藤蔓的那些东西都是有生命的，它们由单体构成，只是外形酷似植物罢了。我们从外部能够接触到的各种单元都是干燥的，通常也很光滑。一个普通大小的群落能填满这半个房间，但重量只有600到800磅[1]。当然，它们不是固体，至于内部的单元我就从未见过了。你们可以想象一下，被群落包裹的感觉就像……像穿上一件舒适的紧身衣，不太能动弹。除非群落允许，否则是不能动的。什么东西都看不见，也没有气味。不过，第一次之后，就不会害怕了。取而代之的是平静和愉悦。我也不知道为什么，但确实有这种感受。"

"催眠了，"詹姆斯·阿迪奥立刻说，"或者用药了。"

"完全没有。"诺亚说。至少这一点她能肯定。"作为群落挟持的俘虏，这是最难挨的部分。在了解我们之前，它们没有催眠术或调节情绪的药物。它们根本没有这种概念。"

鲁内·约翰森皱眉问："什么概念？"

"改变个体的意识状态。除非生病或受伤，它们从来不会陷入无意识的状态，即便某几个单元没了意识，整个群落也不会

---

1 合272～363千克。——编者注

失去知觉。所以，群落没有真正的睡眠——所幸几经努力，它们终于接受了我们必须睡眠的现实。不经意间，我们也向它们介绍了些新玩意儿。"

"进入泡堡的时候可以带药吗？"米歇尔·太田突然问，"我过敏，必须随身带药。"

"某些药品是可以的。如果能走到签合同那一步，你就得列出你需要的药品，由它们来决定是允许你带药还是干脆不聘用你。如果你需要的药品通过了许可，你可以从外面订购。群落会对药品进行检查，其他的就不会再管你了。在里面的时候，唯一的开支就是买药，食宿是包含在协议内的。当然，合同终止前，你是不能离开雇主的。"

"要是我们生病了，或是出了意外怎么办？"彼达加强了语气，"要是我们需要的药品不在合同里呢？"

"合同中有医疗紧急情况的相关条款。"诺亚说。

希拉双手猛拍桌子，大声说："去它的吧！"她如愿吸引了大家的注意，所有人都扭头看着她。"翻译官，我想更多地了解你，还有那些杂草。我尤其想知道，那些玩意儿明明可能将你投入地狱，你却还留在这儿替它们工作，这到底是为什么？它们伤害你的时候没给药也没催眠，对吧？"

诺亚静静地坐着，尽管不愿回忆，但回忆还是清晰起来。"是的，"她最终说道，"其实大多数时候，真正伤害我的，其实是其他人类。那时，外星生物常常将我们两个或几个人关在一起，关上几天或几个星期，看看会发生什么。这通常还好，但有时候就出问题了。一些人失去了理智。见鬼，所有人都曾在某些时刻失去理智，可有些人的暴力倾向更加明显。有些人类，就算没有群落，他们也会成为暴徒。他们会飞快地抓住所有可以滥用微小权力的机会，让别人受苦，为自己取乐。我们当中有些人失去了同情心，失去了斗志，甚至失去了进食的欲望。怀孕和几桩杀戮事件都源自这种室友实验——我们如此称呼。

"与此相比，外星生物让我们用解谜做题来换取食物，在食物中添加致病物质，或是包裹我们、将几乎致命的东西注入我们体内，都显得好受一点。第一批俘虏很可怜，遭受的大多是这种折磨，以致患上了'包裹恐惧症'。但如果只需要承受这些，其实也算走运了。"

"老天啊，"希拉厌恶地连连摇头，而后又追问道，"那孩子怎么样了？你刚才说，有人怀孕了。"

"群落与我们的繁殖方式不同。在很长一段时间里，它们都没意识到该对孕妇宽容些。大多数孕妇流产了，只有几个熬到了婴儿降生。实验期间，常和我关在一起的女性当中，有四位死于分娩。没有人知道该怎么帮她们，实在无能为力。"这段记忆也是诺亚一直极力回避的。

"尽管那些母亲挡不住自己人最卑劣、最疯狂的伤害，也无法躲开群落的……好奇，但还是有新生儿顺利降生，其中有些活了下来。在全球共三十七个泡堡中，这样的孩子不到一百个。他们大多数都成长为具备理性的正常成年人，有的隐居在外，有的则绝不离开泡堡。这都是他们自己选择的。下一代翻译官中的佼佼者就在其中。"

鲁内·约翰森饶有兴致地哼了一声。"我看过关于这些孩子的资料。"他说。

"我们很想找到他们,"索雷尔·特伦特首次开口,"我们的领袖说他们能指明道路。这么重要的资源,愚蠢的政府却把他们藏起来了!"她沮丧又愤怒地说。

"地球上的各类政府确实难辞其咎,"诺亚说,"在某些国家,那些孩子之所以不肯离开泡堡,是因为教训已经传到了他们的耳朵里——出去的不是失踪,就是遭到监禁、受了酷刑、死于非命。我们国家的政府似乎还没做过这样的事。至少没对孩子下过手。他们有了新的身份,从而躲开了那些想要崇拜他们、杀死他们或隔离他们的组织。我亲自查看过其中几位的现状,他们的情况还算可以,也不想卷入事端。"

"我的组织并不想伤害他们,"索雷尔·特伦特说,"我们很尊重他们,希望帮他们实现真正的使命。"

诺亚别过脸,满脑子里都是违反职业道德的刻薄话,还是不说为妙。"那么孩子们至少能获得些许安宁。"她委婉地说。

"其中有你的孩子吗?"希拉问,她的语气一反常态地柔和下来,"你有孩子吗?"

诺亚望着她,向后倚,头枕着靠背。"我十五岁时怀孕,十七岁时再次怀孕,谢天谢地,两次都流产了。"

"是……是被强奸的吗?"鲁内·约翰森问。

"当然是被强奸！你真的以为我愿意生个人类小孩给群落研究？"她顿了顿，深吸一口气，静待片刻，又说，"在反抗中，有时候死的是抵抗强奸的女性，有时候死的是强奸犯。你们还记得那个古老的实验吗？一大群老鼠被关在一起，它们便开始自相残杀。"

"可你们不是老鼠，"希拉说，"你们拥有智慧。你们明知道那些杂草在干什么，完全没必要——"

"没必要什么？"诺亚打断她。

希拉连忙改口："我不是针对你。我只是认为人类应该比老鼠强一些。"

"有的是强一些。有的就不一定了。"

"不管怎么说，你还是在为外星异类工作。因为它们不明白自己做了什么，所以你就原谅了它们，是吗？"

"它们已经来了。"诺亚淡然地说。

"我们迟早会想办法赶走它们的！"

"它们来这儿就是为了留下，"诺亚的语气更加柔和，"它们没处可'走'——至少几代都走不了。它们的飞船是单程的。它们在此定居，并且会维护为泡堡选定的沙漠地带。如果它们决定开战，我们没有活路。当然，摧毁它们也不是不可能，但它们的后代也许会深埋地下，蛰伏数个世纪，再出现的时候，世界就是它们的了，我们只能拱手相让。"她的目光依次落在每个人身上。"它们已经来了。"她第三次强调，"全国能和它们交流的只有三十来个人，我是其中之一。我只能留在泡堡，试图帮助两个物种互相理解、互相接纳，免得其中一方做出无法挽回的事情。不然我还能怎么办？"

希拉不依不饶："那你到底有没有原谅它们的所作所为？"

诺亚摇摇头，说："我没有原谅它们，它们也没有请求我的原谅。就算请求了，我也不知道怎么做才算原谅。这不重要。不妨碍我继续工作，也不妨碍它们继续雇用我。"

詹姆斯·阿迪奥说："如果你真的认为它们很危险，就该和政府合作，想办法干掉它们。像你说的，你比其他人更了解它们。"

"你是来干掉它们的吗，阿迪奥先生？"诺亚平静地问。

他的肩膀垮下去了："我是来给它们打工的，女士。我很穷。我没有全国仅三十个人拥有的特殊本事。我只是需要一份工作。"

她点点头，仿佛他只是传递信息，话里并不包含沉重的伤痛、愤怒和羞耻。"你在这里能挣到钱，"她说，"我就很富裕，能供六七个侄子侄女读大学。我的亲戚们都住在舒适的房子里，每天能吃上三顿饭。你的家人怎么就不行呢？"

"为了三十块银圆……"他嗫嚅道。

诺亚疲惫地冲他笑笑。"我不这么看，"她说，"我父母给我起名字的时候，似乎对我另有期待[1]。"

鲁内·约翰森也笑了，但詹姆斯·阿迪奥却盯着她，厌恶

1　指诺亚方舟的典故。

一览无余。诺亚恢复了惯有的庄重神色。"我再给你们讲讲政府为了战胜群落是如何跟我合作的吧,"她说,"不管信不信,你们都应该听听。"她略作停顿,整理思绪。

"从十一岁到二十三岁,我一直被关在莫哈韦沙漠的泡堡里。"她娓娓道来,"当然,我的亲朋好友都不知道我在什么地方,是不是还活着。我像其他人一样,凭空消失了。我本来和父母一同住在维克多维尔,那天深夜,我本来好好地待在卧室里,莫名其妙地就不见了。多年后,群落能够与我们交流了,也渐渐明白了它们对我们的所作所为。它们问我们,是自愿留下,和它们待在一起,还是想要离开。我以为这不过是它们的另一项实验,可没想到,我要求离开,它们同意了。

"其实,第一个提出离开的就是我。当时和我朝夕相处的那几个人,都是童年时期或幼儿时期一起被挟持进来的。有些人不敢出去。除了莫哈韦沙漠的泡堡,他们完全没有关于家的记忆了。可我还记得我的家人。我渴望再见到他们。我不想困在泡堡的狭小空间里。我想出去。我想要自由。

"但群落放我离开,却没把我送回维克多维尔。它们只是趁着夜色,在边管区附近的一处棚屋区打开了泡堡。那时候的棚屋区更荒凉、更简陋。住在那儿的人要么把群落当成神一样崇拜,要么密谋着将群落除之而后快,要么想从群落那儿拾得一些技术牙慧,诸如此类。还有一些棚屋为各家的便衣探子所占。抓住我的那些人自称是联邦调查局的,但现在想想,他们很可能是赏金猎人。那时候，不管从泡堡里出来什么东西，只要弄到手就能换得赏金。而我很倒霉，成了第一个从莫哈韦沙漠泡堡里出来的'人'。

"从那种地方出来，肯定知道有价值的技术机密吧，不然就是被催眠的破坏分子，或者是乔装打扮的外星生物——反正就是这些见鬼的怀疑。我被那些人移交给军方，他们把我关起来，毫不留情地审讯盘问，给我安上各种罪名，从间谍到谋杀，从恐怖主义到叛国。他们取样、检测，用尽手段。他们想方设法地去证明，我是个有价值的俘虏，一直与'非人类的敌方'合作。他们把我看作绝妙的机会——打入群落内部的机会。

"我所知道的一切，他们早已掌握。我从来没有隐瞒的意思。可问题是，他们想知道的那些，我不能硬编啊。群落当然不曾向我解释它们的技术原理。它们怎么可能告诉我呢？我对它们的生理结构也只是一知半解，而这一知半解我早就全都交代了——狱卒总想抓住破绽和谎言，我只能一遍又一遍地重复。至于群落的心理状态，我只能描述它们怎么对我、怎么对别人。而狱卒认为这些没用，认为我不肯合作，必定有所隐瞒。"

诺亚摇头叹息："最初那几年，他们对待我的方式和外星生物没什么两样，唯一的区别就是，这些所谓的人类清清楚楚地知道，他们在伤害我。他们日日夜夜地盘问我，威胁我，给我下药，只是为了让我说出我根本不知道的信息。他们连续几天不让我睡觉，直到我无法思考，分不清真实与幻觉。他们抓不到外星生物，却抓到了我。不审问的时候他们就把我独自关着，除了他们，我接触不到任何人。"

诺亚环顾屋内："这一切都是因为他们笃定地认为，这个被挟持了十二年又被放出来的俘虏，肯定以某种形式叛变了，不管这个人愿意不愿意、知道不知道。他们用 X 光扫描我，用一切可能的方式检测我，越是没发现异常，就越是恼羞成怒，甚至对我产生了仇恨。因为我肯定是故意耍他们的啊。反正他们认定了！我别想侥幸逃脱。

"我放弃了。我觉得他们永远也不会放过我，最终还要杀了我，在他们痛下杀手之前，我不会有片刻安宁。"

她停了一会儿，咀嚼着曾经的屈辱、恐惧、绝望、疲惫、辛酸、病痛……他们不曾殴打她，只是偶尔动手，作势恐吓。有时候他们会揪住她，摇晃，推搡，将她置于不间断的指控、猜测和威胁中。审讯者会把她掀翻在地，然后命令她坐回椅子上。他们不会让她严重受伤或死亡，但折磨一刻不停。有时候，他们甚至会派个人假意示好、追求，试图引诱她说出那些并不存在的秘密……

"我放弃了。"诺亚重复道，"我不知道被关了多久。我看不见蓝天，看不见太阳，失去了时间概念。某次长时间的审讯之后，我恢复了意识，发觉牢房里只有自己，便决定自杀。我能思考的时候就一直断断续续地琢磨这件事，突然间我就想通了，除了死，没有什么能让他们收手。于是我上吊了。"

彼达·鲁伊斯伤感地叹了一声，发觉大家都看着她，便连忙低头盯着桌子。

"你想自杀？"鲁内·约翰森问，"你在群落的时候，也……这么做过吗？"

诺亚摇头："从来没有。"她顿了顿，"我不知道该怎么跟你们描述——这次折磨我的，是我自己的同胞啊。他们是人类。他们和我讲着同样的语言。我会感受到何种痛苦、屈辱、恐惧、绝望，他们全都知道。他们明知道加在我身上的是什么，却依然不肯罢手。"她思索着，回忆着，"遭群落挟持的一些人确实自杀身亡了。群落不以为意。如果你想死，把自己伤得很重，那你就会死。它们只是看着这一切。"

但不选择死亡，就会感到包裹带来的异样的安全和平静。说不清为什么，被群落包裹在内令人愉悦。被挟持者没有接受测试的时候，这种情况常常出现。因为群落的单元也发觉了同样的愉悦和抚慰，它们和她一样不明白这是为什么。包裹行为最初是出于方便（说来不幸）——便于约束、检查、毒害人类俘虏。然而没过多久，暂时用不着的人类就被包裹起来了，为的只是让暂时闲着的群落享受一种愉悦。群落一开始并没有察觉，那些挟持来的人类也感受到了这种动作带来的愉悦。诺亚这样的人类小孩很快就学会凑近群落，抚摸它的外部枝杈，主动要求包裹，而成人俘虏总是要阻止这种行为，阻止不了就施以惩罚。孩子胆敢向外星绑架犯寻求安慰，大人唯有狠揍管束，个中缘由，诺亚长大之后才渐渐明白。

诺亚在十二岁之前就结识了现在的雇主。它是没有伤害过她的外星群落之一，它和她，还有其他人一起工作，着手编创两个族群都能使用的语言。

她叹了口气，继续讲下去，"看管我的人类狱卒，就像那些对待自杀者的群落，"她说，"我自杀时，他们也只是留意监看而已。我后来才发现，至少有三台摄像机，日夜不停地死盯着我。实验室的小白鼠拥有的隐私都比我多。他们看着我用内衣结成套索。看着我爬到床上，把套索系在格栅上——格栅后面是个扬声器，他们有时会用它对我实施噪声轰炸，播放可怕的音乐，或是外星生物首次着陆、人们恐慌而死的旧新闻。

"他们甚至看着我滑下床，脖子勒着，身体吊着。随后他们才把我弄下来，让我缓过一口气，检查一下伤得重不重。折腾一番，他们把我送回牢房，一件衣服也没留给我，扬声器用水泥抹平了，格栅也收走了。在那之后，至少再也没有可怕的音乐和骇人的尖叫了。

"但讯问又开始了。他们居然说我不是真心自杀，而是想博取同情。

"身体不能消亡，精神便崩溃了。我有段时间陷入了精神紧张。并不是完全失去意识，但头脑已经失能了。无法运转了。他们断定我是装模作样，先是把我痛殴一顿。要不是后来发现身上有些无法解释也没做处理的骨折和伤痕，我都不知道自己挨了揍。

"后来，我的事被泄露了出去。我不清楚是谁干的。也许是哪个审讯者突然良心发现了吧。总之，这事捅到媒体那儿去，连带着我的照片一起。在整个事件里，很重要的一点是，我被外星生物挟持时只有十一岁。基于此，军方决定放了我。他们轻而易举就能杀了我，鉴于曾经的所作所为，我也不明白他们为什么最终没有下杀手。我看过登出来的那些照片。我的状态很糟。他们可能认为我会死掉，或是永远无法清醒、恢复正常。而且，亲戚们得知我还活着，就请了律师，努力要把我救出来。

"我的父母已经过世了——我在莫哈韦沙漠的泡堡里时，他们遭遇了车祸。那些狱卒肯定知道，但一个字也没提。这些都是我康复之后，舅舅告诉我的。我的母亲有三个哥哥，他们拼命地救我。为了换我出来，他们不得不签署文件，放弃了一切追诉权利。那些人告诉他们，伤害我的是外星群落。他们一直被蒙在鼓里，直到我恢复意识后说出真相。

"我讲出来之后，他们想向全世界公布真相，想把罪有应得的人送进监狱。要是他们没有自己的家人，我可能很难说服他们放弃。我的母亲是他们的小妹妹，他们深爱着她，很关照她。为了把我救出来，照料我直到恢复正常，他们已经债台高筑。一想到他们可能为了我而失去拥有的一切，甚至背负莫须有的罪名被送进监狱，我就难受极了。

"稍作休养之后，我接受了媒体的采访。我撒了谎，当然，并不是弥天大谎。我拒绝指认伤害我的是外星群落。我装作什么都不记得了，我说自己状态非常差，大部分时间都不知道发生了什么，能活着重获自由就很感恩了。我希望这么说能应付那些扣押我的人类。如今看来，他们是满意的。

"记者们想知道，我自由了之后，想做些什么。

154

　　"我告诉他们，我会尽快去上学。我要接受教育，然后找份工作，报答舅舅们为我付出的一切。

　　"我确实这么做了。在学校里的时候，我意识到自己最适合的工作是什么，所以才有了今天的我。我不但是第一个离开莫哈韦沙漠泡堡的人类，还是第一个返回泡堡、为群落工作的人类。我之前提到，群落与人类的律师、政客皆有联系，其中便有我微小的贡献。"

　　"你回去的时候跟那些杂草讲过后来的经历吗？"希拉·科利尔疑心问道，"监狱啊，折磨啊，什么的。"

　　诺亚点点头："我讲了。有些群落问我，我就告诉它们了。它们自己的问题很少，人类在泡堡之外干了些什么，它们通常不太在意。"

　　"它们信任你吗？"希拉又问，"那些杂草，它们信任你吗？"

　　诺亚干巴巴地一笑："至少与你不相上下，科利尔女士。"

　　希拉短促地大笑一声。诺亚一听就知道她根本没听懂，以为这话只是讽刺。

　　"我的意思是，它们相信我能做好我的工作，"诺亚说，"它们相信我能帮助未来的雇主学会与人类相处且不伤害人类，能帮助人类员工学会与群落相处并履行职责。你也相信我能做到这些，所以你才会出现在这里。"这是实情。有些群落——包括她的雇主——似乎确实信任她。她也信任它们。但她绝不敢告诉任何人，她其实已经把它们当作朋友。

　　即便嘴上不说，希拉仍然半是怜悯半是轻蔑地瞥了她一眼。

"那些外星生物怎么肯让你回去呢？"詹姆斯·阿迪奥问，"万一你带了枪或者炸弹之类的呢。你很可能为了过去那些事而报复它们啊。"

诺亚摇摇头："带任何武器都会被它们发现的。它们肯让我回去，是因为它们了解我，知道我可能对它们很有用处。其实，人类也同样用得着我啊。它们想要甚至需要更多我们这样的人。它们雇用我们，支付工钱，而不是把我们掳走，这对双方都好。它们能够深入地下，抵达我们无法抵达的深度开采矿石，并进行冶炼。它们同意对采矿种类和地点进行限制，并且以税收和缴费的形式，将利润的很大一部分给了人类政府。尽管如此，它们仍然颇有余裕，能雇用我们打工。"

她突然换了话题："进入泡堡，就要认真学习通用语言。一定要让雇主清晰地知晓，你们愿意学习。基本符号都已经掌握了吧？"她望着应征者，对他们沉默的回应有些不悦。最终，她又问了一遍："有谁已经掌握了基本符号？"

鲁内·约翰森和米歇尔·太田开口应道："我掌握了。"

索雷尔·特伦特说："我学了一部分，但实在太难记了。"

其他人没有表示，而詹姆斯·阿迪奥又变得咄咄逼人，咕哝道："它们闯进了我们的地盘，我们倒还得学习它们的语言。"

"阿迪奥先生，我相信，但凡可以，它们是很愿意学习我们的语言的，"诺亚疲惫地说，"其实，在莫哈韦沙漠，它们已经可以阅读甚至书写英文了——当然，困难重重。但是，由于它们没有'听'这一感官，所以从未发展出有声语言。它们只能使用双方共同开发的那种手势触摸语言来与我们交流。这需要花些时间来适应，因为它们没有四肢，与我们不同。所以，你们需要直接向它们学习，亲眼看它们如何运动，亲身感受包裹其中时皮肤上接收到的触摸符号。一旦学会了，就会发现这种语言对两个族群来说都很实用。"

"它们可以用电脑来代替发音啊，"希拉·科利尔说，"要是它们没这个技术，可以跟我们买一些嘛。"

诺亚懒得理她。"除了基本符号，你们中的大部分人都用不着再学别的了，"她说，"如果遇到了基本符号表达不了的紧急情况，可以写字条。用正楷大写字母。这通常是可行的。但如果你想升职一两级，并得到你真正感兴趣的工作，那就认真学习这门语言吧。"

"怎么学习呢？"米歇尔·太田问，"开班上课吗？"

"没有专门的课程。如果雇主想让你掌握什么或是你自己提出要求，它们会教你。学习语言，是只要你提出就能满足的要求。反之，雇主要求你学习但你不肯，是少数会导致减薪的情况之一。这些都会写在合同里。它们不关心你是不是愿意、能不能学会。无论怎样，你总要付出些什么。"

"这不公平。"彼达说。

诺亚耸耸肩："如果有事可做，或是能跟雇主聊聊，那还好受些。收音机、电视、电脑，以及任何形式的录音设备，都不能带进去。只能带几本纸质书，这就是全部了。雇主会随时召你工作，有时一天好几次。雇主也可能将你借给它的亲友们……没雇用人类的那些。有时候一连几天都不搭理你，而你与其他人类距离很远，就算大喊大叫也无法联络。"诺亚顿了顿，低头盯着桌子，"为了保持理智，最好去做些需要占用思维的事情。"

鲁内说："我想听听您对我们职责的描述。我看到的那些似乎太简单了。"

"就是很简单。习惯了之后，甚至还挺开心的。你会被你的雇主或雇主指定的群落包裹起来。如果你和该群落能够交流，对方就会针对它们不理解或想要加深了解的部分，要求你解释或与你探讨我们的文化。有些群落会阅读我们的文学作品、历史文献，甚至新闻，也可能要求你猜谜解题。不用被包裹的时候，它们还会派你去办事——在你久居熟悉路线之后。雇主可能会把你的合同卖给其他群落，甚至把你转让给其他泡堡。已经达成共识的是，它们不会把你送到国外，而且在合同到期时，它们会让你从莫哈韦沙漠的泡堡离开——因为这是你开始工作的地方。你们不会受到伤害。如今不再有生物医学实验，也没有被挟持者曾经遭受的那些恶劣的社会实验了。你会得到保持健康所需的食物、水、住所。如果生病或受伤了，你们也有权接受人类医生的诊疗。据我了解，目前在莫哈韦沙漠泡堡工作的人类医生有两位。"她刚说完，詹姆斯·阿迪奥又开口了。

"那我们到底算什么呢？"他质问道，"娼妓还是宠物？"

希拉·科利尔近乎呜咽地哼了一声。

诺亚毫无笑意地弯了弯嘴角。"当然两种都不是。但要是不肯学习通用语言，那么你也可能会觉得自己两种都是。不过，我们其实算是一种有趣且出乎意料的东西，"她顿了顿，说道，"我们是一种成瘾药物。"她环视应征者们，发现鲁内·约翰森好像是知情的，索雷尔·特伦特也应该早就知道了。其他四位则露出了气愤、疑惑、震惊的神情。

"这种效应说明人类和群落是一体的，"索雷尔·特伦特说，"我们注定要相遇。它们能教会我们很多东西。"

没有人理她。

"您刚才说过，它们知道我们是'智慧生命'。"米歇尔·太田说。

"当然，它们很清楚。"诺亚说，"但重要的不是它们怎么看待'智慧生命'，而是'智慧生命'对它们有什么用。这就是它们支付工钱的原因。"

"我们不是妓女！"彼达·鲁伊斯说，"不是！这工作与性无关！不可能啊！也与嗑药无关。这不是您自己说的吗！"

诺亚扭过头看着她。彼达根本没有认真听，完全沉浸在对卖淫、吸毒、疾病的恐惧中。任何可能伤害她、可能让她无法建立家庭的事情，都叫她害怕。她的两个姐姐已经上街揽客卖身了。她希望通过为群落工作来拯救姐姐和自己。

"无关于性，"诺亚说，"我们自身就是成瘾药物。群落包裹我们的时候它们感觉很不错，我们也一样。我想这恐怕是唯一平等的地方。如果能时常将我们包裹在内，它们当中那些难以适应地球的群落便能获得平静、调整状态。"她想了想，"听说人类可以通过抚摸猫咪来降低血压。对于它们来说，包裹人类能缓和情绪，能排解强烈的、生理上的思乡病。"

"那就应该把猫卖给它们，"希拉说，"绝育的猫。这样它们就只能一买再买。"

"猫和狗不喜欢它们，"诺亚说，"其实，只要在泡堡待上一会儿，猫和狗也会不喜欢你。它们似乎能闻到人类察觉不到的气味，你靠近它们，它们会惊慌失措，你硬要抱它们，它们就咬你挠你。后劲会持续一两个月。我从泡堡出来之后，通常有几个月都要躲着家养宠物和农场牲畜。"

"被群落包裹，是那种虫子爬在身上的感觉吗？"彼达问，"我受不了有东西在我身上爬。"

"那不同于你体验过的任何感觉，"诺亚说，"我只能告诉你，不疼，不黏，也不恶心。唯一可能引发的问题是幽闭恐惧症。而患有幽闭恐惧症的人早就被淘汰了。作为没有那种毛病的人，它们的需求算是种幸运，意味着原本待业的人又有了求职的门路。"

"这么说，我们还是首选毒品了？"鲁内笑道。

诺亚也笑了："是啊。不过它们的历史中不曾有过'吸毒''禁毒'的概念，显然也就不涉及道德问题了。它们在不知不觉中上瘾。对我们上瘾。"

詹姆斯·阿迪奥说："这是你的某种报复吗，翻译官？因为它们对你做过那些事，所以你引诱它们对人类上瘾？"

诺亚摇头："不是报复。我之前说了，这只是工作。我们想活下去，它们也一样。我不需要报复。"

他长久地、冷冷地看着她。"若是我就需要报复，"他说，"我会报复。虽然做不到，但我想报复。它们是侵略者。它们强占了我们的地盘。"

"天啊，可不是嘛，"诺亚说，"它们强占了大片土地，比如撒哈拉沙漠、阿塔卡马沙漠、喀拉哈里沙漠、莫哈韦沙漠，以及所有能找到的炎热干燥的荒地。就领地而言，我们需要的，它们几乎毫厘不取。"

"那它们也没有权利占领啊，"希拉说，"那是我们的，不是它们的。"

"它们无处可去。"诺亚说。

希拉点点头："或许吧。但它们可以去死啊！"

诺亚没理她，继续说道："或许千年之后的某一天，它们当中的有些会离开。它们会重建飞船，一部分是世代船[1]，一部分是休眠船[2]。只有少部分群落保持清醒，操持一切，而其他的都进入休眠。"她尽可能地简化了星际旅行的惯例，但基本上是正确的。"我们中有些人甚至可能会和它们一起离开。这将成为人类抵达其他星球的方式之一。"

---

1 原文为"multigenerational"，这是科幻领域常用的概念，即多世代飞船 / 世代飞船，指以远低于光速的速度进行恒星际旅行的星舰。由于船速较慢，飞船需经过几百年甚至上千年才能到达目的地，原来的船员会老去死亡，而他们的后代会生活在船上，直到飞达目的地。

2 原文为"sleeper"，所指为休眠飞船，即船员轮岗，一段时间唤醒下一班，直至飞船抵达目标星球。

索雷尔·特伦特说："要是把它们供起来，它们没准还能带我们上天堂呢。"

诺亚压住想揍她的冲动，转而对其他人说："接下来的两年是容易还是艰难，取决于你们自己的决定。记住，一旦签了合同，群落就不会放你走，不管你对它们怀着愤怒还是仇恨的感情，还是想杀了它们。顺便一提，我之所以说它们会死，是因为我相信所有有生命的物种都会死。不过，我还从未见过群落死去。我见过有些群落发生了你们所谓的'内部革命'——单元散裂，加入了别的群落。我不确定那是繁殖还是死亡，还是二者兼有。"她深深地吸了一口气，又长长地呼出来。"即便我们这些能够与之熟练交流的人类也还不了解它们的生理机制。

"最后，我还想给你们讲一点往事。讲完之后，我会送你们进去，把你们介绍给雇主。"

"那样就算雇用了吗？"鲁内·约翰森问。

"不一定，"诺亚说，"还有最后的测试。进去时，将来的雇主会包裹住你们，每个人都是。结束之后，有几位会得到合同，另外几位会得到一笔'感谢参与'安慰费，就像所有止步于此的应征者一样。"

"没想到……这么快就要体验……包裹……"鲁内·约翰森说，"有什么注意事项吗？"

"关于包裹吗？"诺亚摇头，"没有。那个测试挺好的，能让你知道自己是否可以接纳群落，也能让群落知道它们是不是真的想用你。"

彼达·鲁伊斯说："您不是还有话要跟我们讲吗——往事什么的。"

"是的，"诺亚向后靠在椅背上，"这不是众所周知的事。我在学校查过相关资料，但没有查到。似乎只有扣押我的军方人员和外星生物知情。后者在放我离开前对我和盘托出，前者则因为我洞悉内情狠揍了我一顿。

"在外星生物划定领地范围之后，人类联合起来对其进行了一次核打击。多国武装部队试图在它们着陆之前将其击落，但均以失败告终。这是尽人皆知的。然而，群落建立起泡堡之后，他们又发起了进攻。打起来的时候我已经被抓进莫哈韦沙漠泡堡了。我不清楚群落这边是如何抵御的，但扣押我的军方人员审讯时透露了一点信息：向泡堡发射的导弹根本没有爆炸。导弹本该炸开，但是没有。过了一段时间，那些导弹中的一半，被原封不动地送了回来。它们仍然载有核弹药，完好无损，散落在华盛顿特区白宫四周——有一枚直接落进了总统办公室——还有国会大厦、五角大楼。……伦敦和巴黎也收到了它们分别射向撒哈拉沙漠和澳大利亚沙漠的导弹。人们惊慌、困惑、愤怒。在那之后，在人类的多种语言中，'入侵者''外星杂草'突然变成了'客人''邻邦'，甚至'朋友'。"

"送回来……一半核弹？"彼达·鲁伊斯轻声嗫嚅。

诺亚点头："是的。一半。"

"那另一半呢？"

"显然还留在群落那里。除此之外，它们还拥有原本携带的武器，以及来到这里之后新造的武器。"

沉默之中，六位应征者面面相觑，随后齐刷刷地看向了诺亚。

"那只是一场短暂而平静的战争，"诺亚说，"我们输了。"

希拉·科利尔黯然望着她："可是……我们总能做些什么吧，总有抵抗的办法吧。"

诺亚站起来，推开舒适的座椅。"我认为没有，"她说，"雇主在等着你们。去见见吧，嗯？"

后 记

　　《恩典》的灵感来源于发生在洛斯阿拉莫斯的"李文和事件"[1]——在20世纪90年代，一个人被剥夺了职业、剥夺了自由、名誉遭受重创，却没有证据能证明他到底做错了什么。这真叫我震惊。我没想到这类事情竟然如此普遍，人们习以为常。

---

1 李文和，华裔科学家，1978年进入美国洛斯阿拉莫斯国家实验室工作。1999年，他被指控为中国窃取关于美国核武库的机密，并遭受了一系列"欲加之罪"的调查和媒体的口诛笔伐，直至2006年才终于洗冤昭雪。

马大书

The Book of Martha

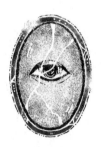

本篇最早刊登于科幻网（SciFi.com，2003.5.21）。
——编者注

"很难，是吧？"上帝疲倦地笑了笑，"这是你第一次获得真正的自由。还有什么比这更难呢？"

马大·贝斯环顾四周，只能看见无尽的灰色。上帝就在那里。她惶恐而困惑，双手捂住黝黑的脸庞，低声说道："但愿我能醒来。"

上帝默然不语，但他的存在是如此明晰，令人不安，即便在沉静之中，马大也感到了责备。"这是什么地方？"她问。她其实并不想知道，她不想在四十三岁就离开人世。"我这是在什么地方？"

"与我同在。"上帝说。

"真的吗？"她问，"我不是在家里做梦？没有被关进精神病院？该不会……不会躺在停尸房吧？"

"你在此处，"上帝温和地说，"和我在一起。"

过了一会儿，马大终于放下了双手，再次张望四周的灰色，再次凝视上帝。"这里肯定不是天堂，"她说，"这里什么都没有。没有人，除了你。"

"这就是你眼中所见吗？"上帝问。

这话叫她越发困惑了。"难道你不知道我看到了什么？"她反问，随即压低了声音，"你不是知晓一切吗？"

上帝笑了："不，我早就不玩那种戏法了。你想象不出那有多无聊。"

这种亲切熟悉的口吻减少了马大心里的恐惧，但她还是觉得不可思议。她记得，她本来坐在电脑前，刚结束她第五部小说的当日写作。写作一直很顺利，她乐在其中。一连几个小时，她恣意地将新鲜的故事倾泻而出，沉浸在她追求的创作带来的甜蜜疯狂中。当她终于暂告一段落、关掉电脑时，才发觉自己浑身僵硬。她的背疼得厉害，又饿又渴。已是清晨五点。她又熬了一个通宵。虽然身体上又酸又痛，但她还是很高兴，站起来到厨房去找东西吃。

然后她就到了这儿，迷茫而害怕。她的凌乱小窝给予的舒适荡然无存，面前的人如此不凡。她一下就感觉到了，他就是上帝——或者说，如此能量强大、令人震撼的人物就应该是神。他说要交给她一项工作，不仅对她，对全人类都意义重大。

要不是因为太害怕了，她没准儿会笑出来。除了漫画书和烂电影里的角色，还有谁会说这种话？

"呃，"她斗胆问道，"你为什么是个比正常人大一倍的蓄胡子白男？"她觉得他坐在那张宝座似的椅子上，就像米开朗琪罗雕刻的摩西。她记得二十年前曾在大学艺术史教科书上看过那尊雕塑的图片。但眼前的上帝比米开朗琪罗的塑像穿得更严实，从头到脚罩着基督画像中常出现的那种白色长袍。

"你的眼中是生命引领你所见的。"上帝说。

"那我想看看这究竟是什么地方！"

"是吗？马大，你眼中所见，取决于你。一切都取决于你。"

她叹了口气："你介意我坐下聊吗？"

她转瞬就坐着了。她并没有做出"坐下"这个动作，只是突然发觉自己坐在一张扶手椅上，而刚才这儿肯定没有什么扶手椅。又是戏法，她愤愤地想，就像这一片灰色，就像那宝座上的巨人，就像她突然出现在此——都是为了让她惊讶，让她害怕。当然，这奏效了。她确实震惊又害怕。更糟的是，她不喜欢这种被摆布的感觉，因而更加恐慌。毫无疑问，那巨人能够洞悉她的心思，肯定会对她施以惩罚……

她强压着恐惧出声询问。"你说要交给我一项工作，"她顿了顿，舔舔嘴唇，努力稳住声音，"你想让我做什么？"

他没有立即回答，而是注视着她——在她看来仿佛在玩味，这长久的注视逼得她更加不自在了。

"你想让我做什么？"这次她的声音大了一些。

"要交与你的工作十分繁重，"他终于说道，"认真听好，我希望你时刻念着三个人：约拿、约伯、诺亚。将他们记在心中。让他们的故事指引你的行为。"

"好吧。"见他不再继续，马大只好开口，因为似乎应该说点儿什么，"好吧。"

她小时候去过教堂和主日学校，也上过读经班和假期圣经学校。当年，她的母亲还是个年轻姑娘，初为人母，懵懂间希望自己的孩子"向善"，而对她来说，"向善"就等于"虔诚"。所以，马大很清楚《圣经》中对约拿、约伯、诺亚的记载。她只把那些故事当作寓言，而非字面上的真理，不过这些故事她记得很牢。上帝吩咐约拿到尼尼微去，告诫那里的人改正行为。出于恐惧，约拿逃避工作，违抗神命。上帝让他遭遇海难，被一条大鱼吞进肚腹，从而警醒他，责任是逃不掉的。

在上帝和撒旦的赌局中，约伯失去了财产、孩子和自己的健康。尽管上帝放任撒旦折磨约伯，但约伯向上帝证明了自己的忠诚虔敬。之后，上帝便奖赏给他更多的财产、新生的孩子和强健的体魄。

至于诺亚，上帝命令他建造方舟，保住他的家人和世上的动物，因为上帝决意让洪水淹没世界，吞噬万物。

为什么上帝特意要她记住《圣经》中这三个人物呢？他们对她而言有何深意，尤其是约伯深重的苦难？

"这就是你要做的事，"上帝说，"你将帮助人类撑过贪婪、凶残、挥霍的青春期，帮助他们找到更无害、更平和、更可持续的生活方式。"

马大望着他，愣了好一会儿，才有气无力地开口："……什么？"

"如果你帮不了他们，他们就会毁灭。"

"你要再次毁灭他们吗？"她嗫嚅道。

"当然不是，"上帝有些恼火，"是他们自己要破坏地球维系生命的能力，将数十亿人送上死路。所以他们需要帮助。你要帮助他们。"

"怎么帮？"她连连摇头，"我能做什么呢？"

"不要担心，"上帝说，"我不会让你也带着人们会忽视、会曲解的信息回去。无论如何，现在那么做都已太迟。"上帝在宝座中动了动，歪头看着她。"你将借我之力，"他说，"只需巧妙运用，让人们更加友善地对待彼此，更加理智地对待环境。你将指给他们的生存之路，优于他们自己选的。我之力将借与你，你来做这件事。"他顿了顿，见她想不出什么对答的话，于是继续说下去。

"而你，完成这项工作后，便会回到他们中间，成为最卑微之人。你可以决定什么是'最卑微的'。但不管你的决定是什么，你都只能是社会的底层，最下等的阶级、种姓、种族。"

这一次，他停下来的时候，马大笑了。困惑、恐惧、苦涩的笑意同时袭来，最终笑声挣脱了束缚。她需要笑。不知为何，笑给了她力量。

"我生来就在社会的最底层，"她说，"想必你知道。"

上帝没有回答。

"你肯定知道。"马大收起笑意，忍住痛哭的冲动。她站起来，走近上帝。"你怎么可能不知道呢？我出生在贫苦的家庭，身为黑人、身为女性，母亲几乎不识一字，生下我时才十四岁。在我成长的岁月里，有一半时间都无家可归。在你看来，这够'底层'吗？我生于底层，却绝不会被困于底层，我也绝不会把母亲留在那里，我也不想再回到那里！"

上帝还是一言不发。他笑了。

马大坐了回去，被那笑容吓了一跳，她这才意识到自己刚才在大喊大叫——冲着上帝！过了一会儿，她小声问道："这是你选我做这件事的原因吗？我的出身？"

"我选择你，因为你是你，不是别人。"上帝说，"我本可以选择一个更穷的人，一个受压迫更为深重的人。我选择你，是因为我希望由你来做这项工作。"

马大听不出他的语气中是否带有怒意。她踌躇着，不知道被神拣选去完成一项如此重大、如此模糊、几乎不可能完成的工作，是否是一种荣耀。

"求你让我回家吧。"她轻声恳求。她突然羞愧不已。她在乞求，可怜兮兮地放低姿态。然而，这是到目前为止她最为诚恳的一句话。

"你可以自由地向我提问，"上帝仿佛根本没有听到她的恳求，"你可以自由地辩驳、思考、检视整个人类历史中的观念和警示。你可以自由地投入时间去做这些事。正如我之前所言，你已经获得了真正的自由。你甚至害怕自由。但我向你保证，你终将完成这项工作。"

马大想起了约伯、约拿和诺亚。过了一会儿，她点了点头。

"好。"上帝说着起身，向她走去。他至少有十二英尺高，有着异于凡人的美，背后笼罩着光环。"随我来。"他说。

突然之间，他不再是十二英尺高了。马大没有看见他的变化，但他和她一样——不到六英尺高，也不再发光了。现在他看向她，他们得以四目相对。他实实在在地"看"了她。他察觉到她的疑惑，问道："现在如何？在你看来，我是长着羽翼，还是亮着刺眼的光环？"

"你的光环消失了，"她说，"身体变小了。更像普通人了。"

"好，"他说，"你还看到了什么？"

"什么都没有，只有一片灰色。"

"会变的。"

他们似乎走在光滑、平坦、坚硬的地面上，然而她低头时，却看不到自己的双脚。就像蹚在深及脚踝的浓雾之中。

"我们走在什么上面？"她问。

"你希望是什么？"上帝问，"街道？沙滩？土路？"

"郁郁葱葱的绿色草坪。"她刚说完就感到脚下踩着短茸茸的绿草。她也不觉得惊讶。"还要有大树，"她意识到自己的念头，觉得很欢喜，"阳光明媚——天空是湛蓝色的，飘着几朵云。正值五月或六月初。"

事情就这样成了。仿佛一直都是如此。他们正穿过一座巨大的城市公园。

马大睁大眼睛，望着上帝。"就是这样吗？"她轻声问，"我认为他人应该是什么样，他们就会变成什么样，而我只要……说出来就行了？"

"是的。"上帝说。

她的欢喜再次变成了恐惧："那要是我说得不对、犯了错误怎么办？"

"这是肯定的。"

"可是……人们会因此受伤，会因此死去。"

上帝走向一棵巨大的、殷红色的挪威枫树，在树下的长木凳上坐下。马大意识到这棵树还有这张看起来很舒服的长凳，都是他片刻间创造出来的。她确信不疑，而事情顺理成章，她也没有感到不安。

"太简单了，"她说，"对你来说总是这么轻而易举吗？"

上帝叹了口气，说："是的。"

她思索着——他的叹息，他转向树林而未投向她的目光。永恒而绝对的"轻而易举"会不会是"地狱"的另一个名字？这是不是她迄今为止最亵渎神灵的念头？她说："我不想伤害他人，哪怕不是故意的。"

上帝将目光从树林间收回，凝视她片刻，而后道："如果你能养育一两个孩子就更好了。"

何必呢，她生气地想，那你直接选择那些有一两个孩子的人不就行了。但她没有勇气讲出来，于是转而说："如果我伤了人、杀了人，你会出手补救吗？我是说，我可是个新手。我可能会做出些蠢事，把别人坑了，自己事后才发觉。"

"我不会替你善后，"上帝说，"我将全权交与你。"

她在他旁边坐下，因为坐着凝望无边的园林美景，总比面对面站着问一些冒犯的问题轻松些。她说："为什么这项工作是我的？为什么你不做？你知道该怎么做。你也不会犯错。为什么偏要我去做？我什么都不懂啊。"

"非常正确，"上帝说道，随后露出微笑，"这就是理由。"

她越想越害怕。"这对你来说只是一场游戏吗？"她问，"你觉得无趣，所以戏弄我们？"

上帝似乎想了想。"我并不觉得无趣，"他看上去很高兴，"你应该思考的是自己将引领何种改变。我们可以聊聊这些。你不必突兀地传布。"

她看看他，又低头盯着草坪，努力整理思绪。"好。我该怎么开始呢？"

"想想看，如果你只能引领一种改变，那会是什么重要的改变？只有一种。"

她再次望向青草，回忆自己写的那些小说。假设她要写一部新作，其中的人类只需要做出一种积极的改变，那该是什么呢？"嗯，"她思考片刻，说道，"不断增长的人口让很多问题雪上加霜。如果人类只能生两个小孩呢？我是说，愿意生孩子的人，无论想生多少，无论医疗技术能帮他生多少，都只能生两个？"

"那么，你认为人口问题是最严重的？"上帝问。

"是的，"她说，"人太多了。解决了这个问题，才会有时间去解决别的问题。而且人口问题我们自己解决不了。其实大家都知道，只是不肯承认罢了。谁也不愿意由某个强势的政府机构来限制他们生几个孩子。"她偷偷看了眼上帝，见他似乎礼貌地听着。她不知道他容许她说多少。也不知道哪句话会冒犯他。如果冒犯了他，她会遭受怎样的对待？"所以，让所有人的生殖系统在生完两个孩子之后就停止工作，"她继续说道，"也不是生病，只是不能再生孩子了，他们的寿命还是和以前一样。"

"他们会继续尝试，"上帝说，"他们会将这种不孕不育视作瘟疫，并挖空心思，付出比建造金字塔、大教堂、登月火箭更多的努力，想方设法地解决它。再者，如果有人的孩子死了，或是有严重残疾呢？如果某个女人的第一胎源自被强奸呢？代孕的母亲怎么算？不认账的父亲怎么算？克隆的孩子怎么算？"

马大看着他，懊恼不已。"所以才要你去做。太复杂了。"她说。

一阵沉默。

"好吧，"马大叹了口气，放弃了，"好吧。就算有意外和现代医学，甚至克隆之类的玩意儿，只生两个的限制还是可以成立的。我不知道怎样才能实现，但你知道。"

"这确实可以实现，"上帝说，"但是你要记住，一旦选定了这种改变，就不能回到这里来修正它。你做的选择，与生命息息相关，也可以说，与死亡息息相关。"

"噢，"马大思考了一会儿，喃喃道，"噢，不。"

"人类还是会绵延数代，"上帝说，"但人口也会持续减少，最终完全灭绝。由于常见的疾病、残疾、灾难、战争、节育和谋杀，人口总数入不敷出。马大，要考虑现在的需要，也要考虑将来的需要。"

"我考虑了，"她说，"如果我把上限增加到四个孩子呢？"

上帝摇头："自由意志与道德相结合是个有趣的试验。撇开其他不谈，自由意志其实就是犯错的自由。有时候，一组过错会抵消另一组过错。尽管并不可靠，但不少人类却因此得到了拯救。有时候，过错会使人遭受灭顶之灾、为奴为役、失去家园，因为他们破坏了土地、水域和气候。自由意志无法担保一切，但它是个颇有潜力的工具——非常有用，不能轻易消除。"

"我还以为你希望我阻止战争、奴隶制度和环境破坏呢！"马大想起了她的种族所遭受的一切，咬紧牙关。上帝对此怎能如此漫不经心？

上帝朗声大笑。这笑声令人吃惊——低沉、饱满，而且，在马大看来，这是一种不合时宜的快乐。这话题竟然能让他笑出来？他是上帝，还是撒旦？尽管母亲曾经竭力让她接受宗教教育，但马大仍然不相信这二者真实存在。现在，她不知道该怎样想、怎样做了。

上帝恢复平静，摇摇头，而后看着马大。"好了，不用着急，"他说，"马大，你知道什么是'新星'[1]吗？"

马大皱起眉头。"是……爆炸的恒星。"她很愿意，甚至很渴望赶紧把注意力从疑惑上转移开。

"是一对恒星，"上帝说，"一个大的巨星[2]，一个小的、高密

1　新星发生于白矮星和普通恒星组成的双星系统中。如果白矮星在它的伴星的洛希极限内，那么它将不断从其伴星处掠取氢、氦等气体，这些气体将聚积在白矮星的表面并且密度很大，温度很高。当温度达到 2000 万开时，氢聚变反应就会发生。这个过程会放出大量能量，使白矮星发生极明亮的爆发。

2　巨星光度高、体积大、密度低，是恒星演变过程的晚期。

度的矮星[1]。矮星吸积[2]巨星的物质，长此以往超过了它的控制上限，于是矮星就爆炸了。这不一定导致自我毁灭，但它的确会释放出大量过剩的物质。爆发极其明亮、剧烈。但矮星一旦归于平静，就会继续从巨星那里吸积物质。这个过程会一遍一遍地重复。这就是新星。如果发生了变化——两颗恒星彼此远离，或是变得密度相当，那么新星也就不复存在了。"

尽管并不情愿，马大还是听出了他的弦外之音："你的意思是，如果人类变了，他们就……不再是人类了？"

"我的意思不止于此，"上帝对她说，"我的意思是，即便如此，我也准许你放手去做。你认定人类应该怎样，他们就会怎样。但无论你做出何种决定，都将产生一定的后果。如果你限制他们的生育能力，他们可能因此走向灭绝。如果你限制他们的竞争力或创造力，他们在种种灾难和挑战中生存下来的能力就可能因此变弱。"

越说越糟了，马大心想，惧怕令她几近作呕。她转身背对着上帝，双手环抱在胸前，突然大哭起来，眼泪顺着脸颊往下淌。哭了一会儿，她吸吸鼻子，用手抹了抹脸："如果我拒绝，你会把我怎么样？"她想到了约伯和约拿。

"不会怎么样，"上帝甚至没有生气，"因为你不会拒绝。"

"可我要是真的拒绝呢？要是我实在想不出任何值得去做的

1　文中所指为白矮星，是一种低光度、高密度、高温度的恒星。
2　指致密天体由引力俘获周围物质的过程。文中描述的是双星系统中，白矮星掠取其伴星氢、氦等气体的现象。

改变呢？"

"不会发生那种事。就算发生了，只要你提出来，我就会把你送回家。毕竟，愿意付出一切代价换取这份工作的人成千上万。"

她立刻会意——这些人当中，有的出于憎恨和恐惧，很乐意消灭某个族群；有的渴望建立庞大的暴力政权，不管造成多大的痛苦，也要把所有人强塞进一个模子；还有的会把这份工作当作消遣，当作好人对坏人的电脑游戏，而完全不在乎后果。确实有这样的人。马大自己就认识这样的人。

但上帝不会选那种人，如果他真是上帝的话。可是话说回来，他为什么会选择她呢？她长大以后都不怎么相信上帝的存在了。如果这个可怕的、强大的家伙——不管是不是上帝——可以选她，那么他也可以做出更糟糕的选择。

过了一会儿，她问："真有诺亚这个人吗？"

"没有人能应付全球性的洪水，"上帝说，"但确实需要一些人扛过较小的灾难。"

"你命令他救一部分人，其余的就任其死掉？"

"是的。"上帝说。

她不寒而栗，再次直面他。"后来呢？他们疯了吗？"她自己都能听出话里的反对和厌恶。

上帝只把这话当作普通提问："有些人逃进了癫狂，有些人躲进了酒精，有些人放纵性欲，有些人选择自杀，还有些人长命百岁、活得充实。"

马大连连摇头，极力地想冷静下来。

"我不会再那么做了。"上帝说。

不，马大想，现在你找到不一样的乐子了。"我得推动多大的改变才行？"她问，"怎样才能取悦你，让你放过我，但又不另找他人来代替我呢？"

"不知道，"上帝笑了，他向后倚着古树，"因为我不知道你会怎么做。真是一种美妙的感受——有所期待，而非全知全能。"

"在我看来并不美妙。"马大苦涩地说。过了一会儿，她换了种语气："在我看来，完全不妙。我不知道到底该做什么。毫无头绪。"

"你以写故事为生，"上帝说，"你创造角色和情境，设置问题，提出解决方法。我让你做的难道比这还难？"

"可你想让我左右的是真实的人。我不想那么做。我怕自己会犯下可怕的错误。"

"我可以回答你的问题，"上帝说，"问吧。"

她不想提问。但片刻之后她还是妥协了。"请明确些，你想要的到底是什么？乌托邦吗？我不相信乌托邦。我不相信有那样一种社会，能让所有人都得偿所愿。"

"通常用不了太久，"上帝说，"有些人就能认定，自己希望邻居拥有些什么——或是希望邻居是个什么样的奴隶，或是直接希望邻居去死。不过别担心，马大，我并不是要你建立乌托邦，当然，看看你究竟能想出什么主意还是蛮有趣的。"

"那你想让我做什么？"

"当然是帮助他们。难道你不想吗？"

"我想，"她说，"但我从没帮过什么有意义的忙。饥荒、瘟疫、洪水、火灾、贪婪、奴役、复仇、愚蠢、无谓的战争……"

"现在你能做到了。当然，想要全部消除你列举的那些，非得灭绝人类不可。不过，你能够尽量减轻一部分问题。少一些战争，少一些贪婪，多一些远见，多一些对环境的关怀……究竟是什么导致了这些问题？"

马大看看自己的双手，然后又看向上帝。他侃侃而谈的时候，她突然想到了一件事，可它似乎过于轻易、过于离奇，对她自己而言，也过于痛苦。真的发生过吗？应该发生吗？那样就有用吗？她问："巴别塔之类的东西，是真的吗？你曾让人们突然间失去了互相理解的能力？"

上帝点点头："是的，类似的事情以各种方式发生了好几次。"

"你是怎么做到的？改变他们的思维？改变他们的记忆？"

"二者皆有。不过我要做的，只是在他们拥有读写能力之前，将其彼此隔开，把一群人送往别的地方，或是给他们某种改变口型的习俗，比如在成年礼上敲掉门牙。或者，让他们对其他同类珍视或崇拜的东西心生强烈的厌恶，或者——"

马大打断了他，自己也吃了一惊："那么这样如何？改变人们的……嗯，怎么说呢，大脑活动？这是我能做到的吗？"

"有意思，"上帝说，"也可能是危险的。不过只要你决定了就能做到。你是怎么想的呢？"

"梦境，"她说，"每当人们入睡，就让强烈的、鲜活的、无法逃避的梦境出现。"

"你的意思是，"上帝问，"让他们通过梦境学到东西？"

"差不多吧。但我真正的想法是，人们可以把精力花在梦境里。在梦境中，他们会拥有各自专属的、从各种角度来说都完美的世界。这些梦境要比普通的梦境更真实、更浓烈。人们最喜欢做什么，就在梦境里尽情地做。梦境要随着他们个人的兴趣而变化。无论他们关注什么，无论他们渴望什么，都能在梦中得到。这些梦是躲不开的。不管怎么回避——服药、手术等——都必须做梦。人们在梦境中得到的满足，要比现实给他们的更加深刻，更加彻底。我的意思是，这个满足要发生在做梦的过程中，而不是醒来之后还想着让梦境成真。"

上帝笑了："为什么呢？"

"因为我想让他们拥有唯一的、可行的乌托邦，"马大思索片刻，说道，"每一个人，每一个夜晚，都会拥有私密的、完美的——也可能是不完美的——乌托邦。如果他们渴望冲突和争斗，那就得到冲突和争斗。如果他们渴望和平与爱，那就得到和平与爱。无论他们想要什么、需要什么，都能在梦中得到。我想，要是人们每天夜里都能上一回专属天堂，那么他们醒来之后控制他人、伤害他人的念头就能少一点。"她不太肯定，"是吧？"

上帝笑意不减："有可能。有些人会受制于它，就像受制于成瘾药物。有些人则会在自己或他人身上与之抗争。也有些人可能会放弃生命、干脆赴死，因为所做的一切都比不上梦境。

还有些人会享受其中，并且将他们惯常的生活延续下去，不过即便如此，他们也会发觉，梦境干扰了现实中的关系。大部分人会如何呢？我不知道。"他似乎很感兴趣，甚至有些兴奋。"我认为他们一开始可能会变得迟钝，再逐渐适应。至于他们到底会不会适应，这很难说。"

马大点点头："你说得对，他们一开始会因此钝化，失去对其他事物的兴趣——包括真实的、完全清醒的性。对于健康和自尊来说，真实的性都是有风险的。而梦境中的性却可以随心所欲，还不用承担风险。在一段时间内，出生的小孩都会减少。"

"长大成人的就更少了。"上帝说。

"怎么会？"

"有些父母肯定会因为沉湎梦境而顾不上照顾孩子。爱和养育也有风险，并且伴随着辛苦的付出。"

"不能让这种事发生。除了做梦，得让抚养自己的孩子也成为人们真正愿意做的事。"

"所以你要让人们——大人和小孩——都在夜晚拥有生动、满足的梦境，但父母得把养育孩子看得比梦境更重，子女也不受梦境的引诱，渴望并需要非梦境的现实亲子关系？"

"尽量吧。"马大皱起眉头，想象生活在那样的世界会是何种感觉。人们还会阅读真正的书籍吗？也许他们希望以此反哺梦境。她还能继续写作吗？她还想写吗？如果失去了唯一在乎的工作，她会变成什么样？"人们应该仍然在乎家庭和工作，"她说，"不能让梦境带走他们的自尊。他们不该满足于窝在公园长椅上或躲在小巷里做梦。我只是希望用梦境来减速。少一些侵略，以及如你所说的，少一些贪婪。没有什么比满足更能让人慢下来，而这种满足每个夜晚都会如期而至。"

上帝点点头："是这样吗？你希望照此发生？"

"是的。呃，我想是吧。"

"你确定吗？"

她站起来，垂首望着他："这是我应该做的吗？这样会有效果吗？求你告诉我吧。"

"我真的不知道。我也不想知道。我想看着一切徐徐铺展。我之前也利用过梦境，但不是你说的这种。"

上帝的愉悦显而易见，她几乎要否定整个想法了。可怕的事情似乎总能把他逗笑。"让我再斟酌斟酌，"她说，"我想自己待会儿行吗？"

上帝点点头："如果你想聊聊就大声说话，我会出现的。"

转瞬就只有她自己了。独自一人，待在看起来和感觉上都像她家的地方——位于华盛顿州西雅图的那所小房子。她在客厅里。

她不假思索地打开灯，站在那儿望着自己的书。三面墙都是书架。她那些书以熟悉的方式陈列摆放。她抽出几本，一本接着一本——历史、医学、宗教、艺术、犯罪。她打开它们，发现这确实是她的书，里面的画线和批注都是她研究每本小说时亲手写下的。

她这才相信自己真的在家。她刚才做了一个梦，梦见了上帝。那个上帝酷似米开朗琪罗雕塑的摩西，命令自己想办法改变人类这个物种，消减其自我毁灭的倾向。梦境真实得令人不安，但它不可能是真的。太荒谬了。

她走到窗前，拉开窗帘。她的小房子坐落在山上，面向东方，最奢侈的就是可以越过山下几个街区，直接眺望华盛顿湖的美景。

可是现在，东方没有湖泊。窗外是她之前想出来的公园。不到二十码[1]之外，是那棵巨大的挪威红枫，还有那张长凳——她和上帝曾坐在上面交谈。

长凳上空空如也，缩在阴影里。外面天色渐暗。

她拉上窗帘，看着照亮屋子的那盏灯。有那么一会儿工夫，她感觉很别扭，因为在这虚实相交的地带，居然还亮着灯，还耗着电。她的房子是从哪儿运来的吗？还是复制品？或许，这只是一种复杂的幻觉？

她叹了口气。灯能亮就行了。接受吧。屋子里有灯光。屋子在这儿。房子在这儿。至于这一切到底有何玄妙，是她此刻最不关心的问题。

她去了厨房，找到了家里应该有的所有食物。就像灯一样，冰箱、电炉、烤箱都能用。她可以做饭。至少，这顿饭和她刚才的经历一样真实。再说她也饿了。

她从橱柜里拿出一小罐高品质白肉金枪鱼、几盒莳萝叶、咖

1　1码≈0.914米。

喱粉，又从冰箱里拿出面包、生菜、腌菜、大葱、蛋黄酱和萨尔萨辣酱。她要做两份金枪鱼沙拉三明治。光是想想就更饿了。

这时她突然冒出个念头，于是大声说道："我能问你个问题吗？"

他们走在宽阔平坦的土路上，两旁是阴森森的树木轮廓。夜幕已经降临，树下漆黑一片，只有小路在星月的映照下仿佛一条苍白的光带。天上是一轮浅黄色的满月，又亮又大。星空浩瀚，布满苍穹。这样的夜空，她一生中只见过几次。她一直住在城市里，灯光和烟尘遮蔽了一切，只能瞥见最亮的几颗星星。

她仰望了几秒钟，然后扭头看向上帝，发现他此刻是黑人的形象，胡子也刮得干干净净。她仍旧没有半点惊讶。上帝变成了高大结实的黑人，穿着普通的现代衣服——白衬衫，黑裤子，外搭黑毛衣。他并没有比她高太多，但是比之前那个白人上帝的凡人形态高些。他完全不像白人模样的摩西了，但他仍然是上帝——同一个。这一点她毫不怀疑。

"你看见不同了吧，"上帝问，"是什么？"他的声音也变得更低沉。

她讲出了自己的所见。他点点头。"在某个时刻，你还会决定把我看作女人。"他说。

"不会的，"她说，"反正全都不是真的。"

"我告诉过你了，"上帝说，"全都是真的。只是你看见的不一定就是真的。"

她耸耸肩。这不重要——与她想问的问题相比。"我有个想法，"她说，"吓着我了，所以我才叫你出来。我之前问过这个问题，但你没有直接回答我。现在我需要一个答案。"

他等她发问。

"我死了吗？"

"当然没有，"他笑了，"你在此处。"

"与你同在。"她苦涩地接道。

沉默。

"我花多长时间来做决定，这个重要吗？"

"我说过了，不重要。你想花多长时间都行。"

这很古怪，马大心想，好吧，一切都很古怪。她冲口而出："你想来一份金枪鱼沙拉三明治吗？"

"好啊，"上帝说，"多谢。"

他们一起向房子走去，而不是"瞬移"。马大对此很是感激。一进屋，他就在客厅里坐下，笑着翻看一本奇幻小说。而她则表现出一副用心忙碌的样子，以示为这份金枪鱼沙拉三明治尽了力。也许，努力是有用的。她其实根本不相信这些食物是真实的，也不相信她和上帝会真实地吃掉食物。

然而，三明治很美味。吃着吃着，马大突然想起存在冰箱里的起泡苹果酒。她起身去拿酒，回到客厅时，看见上帝变成了女人的模样。

马大愣住了，震惊不已，随后叹了口气。"现在你在我眼里变成女性了，"她说，"甚至有点儿像我。我们就像姐妹俩似的。"她疲惫地笑着，递过一杯苹果酒。

上帝说："这完全取决于你，你懂吧。不过只要不惹你烦恼，我倒是无所谓。"

"确实烦恼。如果取决于我，那怎么会过了这么久，你才变成黑人女性呢？这和我一开始把你看作白人男性一样不真实啊。"

"我告诉过你，你看见的是生命引领你所见的。"上帝看着她。有那么一瞬间，马大觉得自己像在照镜子。

她移开目光："我相信你。我只是以为我已经打破了自己出生和成长的精神牢笼——人类的上帝，白人的上帝，男性的上帝……"

"如果真有牢笼，"上帝说，"你仍然在里面，我也仍然是你第一次见时的模样。"

"不错，"马大说，"那你管它叫什么？"

"旧习，"上帝说，"这就是习俗的问题。往往没用了也依然存续。"

马大沉默了一会儿，最后说："你觉得我那个梦境的办法怎么样？不是求你预见未来，只是挑挑毛病。如果有漏洞，就提醒我。"

上帝头倚椅背："嗯，环境问题不太可能引发战争，所以，改善了它或许能减少饥荒和疾病。与真实的权力相比，梦中的权力无边又绝对，能够带来更多的满足感，所以人们受煽动征服邻邦、灭绝少数民族的情况也会减少。总的来说，梦境会给予人类更多的时间。"

马大不禁有些慌乱："时间？用来做什么？"

"用来成长。成熟一些，或者至少找到某种合适的方式来度过青春期，"上帝笑道，"你有没有想过，有自我毁灭倾向的人是如何熬过青春期的？这对整个人类和人类个体来说都是值得关注的一点。"

"梦境不能实现这一点吗？"她问，"用梦境来满足他们内心的渴望，也用梦境推着他们走向醒来后的成熟，这样不行吗？不过我并不清楚对于人类这一物种来说，成熟意味着什么。"

"用愉悦耗尽他们的精力，"上帝若有所思，"同时教导他们，愉悦不是一切。"

"他们早就知道了呀。"

"通常成年后就知道了。但他们往往并不在乎。人们很容易追随恶劣但有魅力的领袖，养成能带来快乐的不良习惯，从而忽视迫在眉睫的灾难，因为那不过是一种可能性——或者只会发生在别人身上。这类想法正是青春期的表现之一。"

"那，梦境能教会——或者至少是推动——人类醒着的时候多多思考吗？能让人类更多地关注现实后果吗？"

"如果你想这么做，也是可以的。"

"我想这么做。我希望他们在睡着的时候尽可能地享受梦境、满足自己，而醒着的时候更清醒、更机敏，不要轻易相信谎言、同流合污、自欺欺人。"

"这些都不能使他们完美，马大。"

马大站起来，低头望着上帝，生怕自己漏掉什么重要的东西，也怕上帝明明知道，却还是一心看乐子。"还是有帮助的吧？"她问，"利大于弊？"

"是的，有帮助，但无须怀疑，也会有其他作用。我不知道那会是什么，但副作用不可避免。任何事碰到人类都不会一帆风顺。"

"你不就喜欢这样吗？"

"我最初并不喜欢，人类属于我，可我完全不了解他们。你不会理解这有多怪异，"上帝摇摇头，"他们是那样熟悉，就像我的一部分，却又并不是。"

"让那些梦境出现吧。"

"你确定吗？"

"实施吧。"

"那么，你准备回家了。"

"对。"

上帝站起来，面向她："你想走，为什么？"

"因为我不像你那样觉得这种事有趣。因为你的方式令我害怕。"

上帝笑了——笑声不再那么叫人不安了。"哦，并不吧，"她说，"你已经开始喜欢我的方式了。"

马大沉吟片刻，点了点头："你说得对。我一开始确实很害怕，但现在不怕了。我已经习惯了。我只在这里停留了这么短暂的时间，就已经习惯了，还渐渐喜欢上了。这才是真正令我害怕的。"

上帝仿佛在镜子里一般，也点了点头："其实，你真的可以留下来。时间不会在你身上流逝。时间会绵延向前。"

"我不明白你为什么不在乎时间。"

"你一开始会回到记忆中的生活。但很快，你就得另谋生路了。以你这个年纪重新开始可不容易。"

马大望着墙边整整齐齐的书架："阅读也会受影响，对吗？至少是休闲放松的阅读。"

"对——至少暂时是的。人们会为了获取信息和观点而阅读，但他们将创造属于自己的幻想世界。你做决定之前想到这一点了吗？"

马大叹了口气，说："是的，我想到了。"过了一会儿，她又说，"我想回家。"

"你想记住自己曾经来过这儿吗？"上帝问。

"不想。"冲动之下，她走上前，拥抱了上帝——紧紧地拥抱，感知着熟悉的女性身体，还有那仿佛来自她自己衣橱的蓝色牛仔裤和黑色 T 恤。马大意识到，她其实是喜欢上了这个有魅力的、孩子气的、危险的家伙。"不想，"她再次说道，"我害怕那些梦会造成意想不到的伤害。"

"长远看来，想必是利大于弊啊。哪怕如此也不想记得？"

"对，不想，"马大说，"我怕终有一天会发觉是我导致了伤害的发生，是我亲手终结了自己唯一在乎的事业。我恐怕承受不了。知道这一切，迟早会把我逼疯的。我害怕。"她向后退开，而上帝已经变得模糊、透明，最终隐去。

　　"我想忘记。"马大喃喃说道。她独自伫立在自家客厅，茫然望向打开的前窗，望向华盛顿湖和萦绕水面的薄雾。她想了想刚才的自言自语，心里觉得奇怪，不明白到底要忘记什么。

后 记

　　《马大书》是属于我的乌托邦故事。大多数乌托邦式的作品我都不喜欢，因为它们一点儿也不能令我信服。似乎不可避免的是，我的"乌托邦"可能是别人的"地狱"。所以我让"上帝"吩咐可怜的马大，托她去构想一个可行的乌托邦。可是，除了在每个人自己的、私密的梦境里，哪有行得通的乌托邦啊。

杂文

积极的执念

Positive Obsession

本篇最早以《作家的诞生》(*Birth of a Writer*) 为题刊登于
《本质》杂志 (*Essence* Magazine)。
——编者注

1

六岁之前，睡前故事都是母亲读给我听的。像偷袭似的，我一喜欢上这些故事，她就对我说："给你书，自己读吧。"她完全想不到此举会给我带来什么。

2

我十岁时，母亲有天对我说："我想，每个人都有一件特别擅长的事，关键在于去发现那究竟是什么。"

当时我们在厨房的火炉边。她正抚摸着我的头发，而我在别人丢弃的本子上奋笔疾书，我决心写下那些年自己讲着玩儿的故事。没故事可读时，我学会了自己编。后来，我又学着把它们写出来。

3

我内向害羞，怕见外人，怕各种场合。我甚至不曾停下来问问自己，那些人和事到底会怎样伤到我，或者能不能伤到我。

我只顾着害怕。

我怀着隐隐的恐惧第一次走进书店。我存了五美元，基本上都是零钱。当时是 1957 年，对于十岁的孩子来说，五美元已经是一大笔钱了。从六岁起，公共图书馆就是我的第二个家，我也有些代代相传的旧书。但现在我想要一本新书——一本我自己挑选的、能够一直留在身边的书。

"小孩可以进吗？"我一进门就先询问收银台的女士。其实，我是想问，黑人小孩是否可以进入。我的母亲出生于路易斯安那州的农村，成长于严苛的种族隔离时代，她总是叮嘱我，可能不是所有地方都欢迎我们，哪怕是在加利福尼亚州。

收银员看了我一眼，说道："当然可以。"随后她又像想到什么似的，冲我笑了笑。我一下子就放松了。

我买的第一本书讲述了不同品种的马及其特点。第二本书介绍了恒星、行星、小行星、卫星和彗星。

4

我和姨妈在她家厨房里聊天。她做的菜味道很香，我则坐在桌边看着。真奢侈。要是在我家，母亲会让我帮忙干活的。

"我长大后想当个作家。"我说。

"是吗？"姨妈说，"嗯，挺好的，但还是要找个工作。"

"写作就是我的工作。"我说。

"你随时都可以写。这个爱好很不错。可终归得有个谋生的饭碗。"

"就是当作家嘛。"

"别冒傻气。"

"我是认真的。"

"亲爱的……黑人不可以当作家。"

"为什么不可以？"

"就是不行。"

"不，黑人也可以当作家！"

我根本不知道自己在说什么，却非常固执。十三岁之前，我从来没读过黑人创作的、印刷出来的文学作品。姨妈这样的成年女性肯定比我懂得多。万一她是对的呢？

5

内向真可恶。

它不可爱，是女人味和魅力的反义词。它是折磨，是狗屎。

我童年和青春期的大部分时间都盯着地面。我竟然没有因此成为地质学家，这可太奇怪了。我声如蚊蚋，人们总是提醒我："大点儿声！听不见你说什么！"

我明明背下了学校要求的报告和诗歌，却在需要当众朗诵的时候哭着逃开。有的老师责怪我不好好学习，有的老师原谅我资质不够，只有少数老师发现我只是性格内向。

"她太迟钝。"有些亲戚这么说。

"她太善良太文静。"母亲的朋友们委婉地说。

我觉得自己又丑又傻，笨手笨脚，在社交上更是毫无希望。我还觉得，要是大家注意到我，他们就会盯着我的这些缺点不放。我真想消失啊。然而，我却长到了六英尺高。尤其那些男孩子，他们似乎以为我是故意长成这样的，所以更应该被大肆嘲笑。

我躲进了粉红色的笔记本——它很大很厚，足有整整一令纸[1]。笔记本里是我自己创造出的小宇宙。在那里，我可以是一匹神马、一个火星人、一位灵媒……在那里，我可以去任何地方，进入任何时间，交往任何人——除了此地、此时、此众。

6

我的母亲白天打工。她有个习惯，那就是把雇主丢掉的书带回家。她只读了三年书就被赶出了学校，后来作为家中长女，她就不得不出去打工干活了。她热切地笃信书籍和教育，她希望我得到她被剥夺的东西。她不确定哪些书适合我，所以就把垃圾桶里翻来的书统统带回家。因此我的那些书，有的因年代久远而发黄，有的没有封皮，有的有涂写痕迹，有的惨遭蜡笔涂画，还有的沾了水、剪破了、撕烂了，甚至烧掉了一部分。我把它们堆在木板箱和二手书架上，只要能读懂就读。有些特

1　纸张的计数单位，一令纸 =500 张纸。——编者注

别深奥，但慢慢地我就读进去了、喜欢上了。

7

我那本旧《兰登书屋词典》对"执念"[1]一词的解释是：持续的念头、形象、欲望等对思想或感情的支配。执念如果是积极的，则可以成为有用的工具，使用起来就像射箭时小心翼翼地瞄准。

我高中时学过射箭，因为它不是团体项目。有些团体项目我也挺喜欢的，但在射箭这个项目中，成绩的好坏取决于你自己的努力，你没法指责任何人。我想看看自己到底能做到哪一步。我学会要瞄得高一些，瞄准目标上方，就是那儿，看准了！放松，放箭。只要瞄对地方，就能射中靶心。积极的执念就像一种瞄准方式，用你自己、你的生活去瞄准你选中的目标。决定好想要什么，瞄得高一些，然后放手去做。

我想出售自己写的故事。在我还不会打字的时候，我就想好以写作为生了。

我十岁时就恳求母亲给我买台打字机，她也真的买了。在母亲给我买的雷明顿便携式打字机上，我用两根手指敲出了一个个故事。

"你把孩子宠坏了！"妈妈的朋友责怪她，"这么小的孩

1　原文为"obsession"。——编者注

子要打字机干吗？它很快就会躺在壁橱里吃灰了，完全是浪费钱！"

我请科学老师普法夫先生帮忙打一篇短篇小说——用规范的方式打出来，别把纸戳破，也别画线涂改。他照做了，甚至还帮我修正了蹩脚的拼写和标点。直到今天，我仍然对此心怀惊叹和感激。

8

我不知道该如何发表一篇文章，于是在图书馆和写作相关的无用书籍前茫然摸索，翻到一本《作家》杂志影印本。我没听说过这份杂志，但它给了我线索，我回到图书馆去寻找其他关于写作的书和杂志。很快，我学会了投稿，邮件载着我的小说发出去了。几个星期之后，我收到了人生第一封退稿信。

长大一些后，我觉得退稿信就像对方嫌弃你的小孩长得丑。你气得发疯，不肯相信信里的每一个字。而且，看看那些真正难看的文学"小孩"吧，它们都能出版，而且反响挺不错呢！

9

十几岁和二十几岁的时候，我基本上都在收退稿信。之前还害母亲损失了 61.2 美元——有个所谓的"经纪人"读了我的小说，没出版却也收了"阅稿费"。没有人告诉我们经纪人不该

205

先收钱，在作品发表之前不该拿报酬，如果发表了，则要从作品收入中抽取百分之十。无知代价高昂。那 61.2 美元比当时我们一个月的房租还要多。

10

我缠着朋友和熟人，请他们读我的作品，他们似乎都挺喜欢。老师们读了之后也说了些好听但没什么帮助的话。我的高中没有创意写作课，没有人能给我有效的批评。上了大学（当时在加州，读专科几乎是免费的），有位老师是个写儿童故事的老太太。她一直很客气地点评我不断上交的科幻小说和奇幻小说，但后来还是忍不住发火了，问我："你就不能写点儿正常的东西吗？"

11

校园里举行了一次写作比赛，投稿者必须匿名。我的短篇小说得了一等奖。当时我十八岁，是大一新生，虽然对手们都是高年级学生，比我经验丰富，但我还是赢了。那十五美元奖金是我靠写作挣得的第一笔钱。

大学毕业后，我做过一段时间的文员，后来去了工厂和仓库。在那样的地方，我的身材和力气都很有优势，而且也没有人要求你微笑，装出一副心情很好的样子。

我每天凌晨两三点起床写作，然后再去上班。我讨厌这样，也没有默默忍耐的天赋。我咕哝着，抱怨着，辞掉这个工作，又找新的工作，退稿信越收越多。终于有一天我厌恶至极，把那些信都扔掉了。我何苦要留着没用又让人痛苦的东西？

12

美国文化里有一条既伤人又背离现实的不成文规矩：如果你是一个黑人，一个黑人女性，那么不用怀疑，不用探究，你就是低人一等——不够聪明，不够机灵，不够优秀，不能想做什么就做什么。然而，你当然应该质疑这一点。你应该知道，自己和其他人一样优秀。就算你不知道，也不该全盘接受。要是你身边有人甘愿自我贬低，你就该立刻安抚他们，让他们闭上嘴巴。这种对话或许有些尴尬，所以你要表现得强势、自信，别流露自己的疑虑。因为如果放任不管，你就永远摆脱不掉了。但也没关系，你可以糊弄所有人，甚至包括自己。

而我，我永远无法糊弄自己。我不怎么谈起自己的疑虑。我要的并不是轻率的安抚。但我想了很多——我思考同样的问题，一遍又一遍。

我到底是谁？人们为什么要关注我说的话？我真有需要表达的东西吗？我在写科幻小说和奇幻小说，老天，可当年几乎所有的专业科幻作家都是白人男性啊。我确实很喜欢科幻小说和奇幻小说，可我正在做什么？

反正，不管是什么，我都停不下来了。不因为害怕和疑虑而停下来，这就是积极的执念。积极的执念很危险，它根本停不下来。

13

二十三岁那年，我终于首次售出了两部短篇小说。两位伯乐都是我参加"克莱瑞恩科幻与奇幻作家工作坊"时遇见的导师、作家兼编辑。其中一部作品最终得以出版，另一部则没能面世。在那之后的五年，我一个字也没再发表。后来，我终于出版了第一部长篇小说。幸亏没人告诉我投稿需要等这么久——其实说了我也不会信。在那之后，我又出版了八部长篇小说。去年圣诞节，我还清了母亲的房屋抵押贷款。

14

所以，写作科幻小说和奇幻小说，是我赖以生存的事业。据我所知，目前能做到这一点的黑人女性只有我一个。公开演讲的时候，我听到最多的问题就是："科幻小说对黑人有什么好处？"提问者常常是黑人。我给出的答案零零碎碎，连我自己都不满意，可能也不会让对方满意。我讨厌这种问题，我为什么要向别人证明这份职业的意义与价值呢？

但答案是显而易见的。在我出版第一部长篇小说时，取得成功的黑人科幻作家只有一位：小塞缪尔·R. 德拉尼[1]。但现在，这个队伍有四个人了：德拉尼、史蒂文·巴恩斯[2]、查尔斯·R. 桑德斯[3]、我。太少了，为什么？没有兴趣？缺少自信？曾有个年轻的黑人姑娘对我说："我一直想写科幻小说，但我以为没有黑人女性会这么做。"瞧，疑虑会以各种方式体现。但还是总有人问我：科幻小说对黑人有什么好处？

各种形式的文学，对黑人有什么好处？

科幻小说对过去、现在、未来的思考，有什么好处？它往往提出警告，或探讨另一种思维方式，这有什么好处？它检视科学技术、社会组织、政治方向可能产生的影响，这又有什么好处？科幻小说最棒的地方就是能激发想象力和创造力。它推动读者和作者摒弃寻常窠臼之路，狭窄逼仄之路，一条"大家"怎么说、怎么做、怎么想的路——不论当下，那个"大家"是谁。

这一切，对黑人有什么好处呢？

1　小塞缪尔·R. 德拉尼（Samuel R. Delany, Jr., 1942— ），美国非裔作家、文学评论家，代表作有《巴别塔-17》《爱因斯坦交叉点》《诺瓦》、"回归内华伦"系列等，曾四获星云奖、两获雨果奖，并于 2002 年入选科幻奇幻名人堂。

2　史蒂文·巴恩斯（Steven Barnes, 1952— ），美国非裔科幻、奇幻和推理小说作家，代表作有《狮血》《祖鲁之心》《十二日》等。

3　查尔斯·R. 桑德斯（Charles R. Saunders, 1946—2020），非裔美国作家、编剧，其代表作"以马洛（Imaro）"系列小说是黑人作家涉猎"剑与巫术"题材的先锋。

后 记

　　这篇自传体文章最初刊登在《本质》杂志上，标题另取为"作家的诞生"。我不喜欢杂志取的标题。我的原标题是"积极的执念"。

　　我总是说自己的生活充斥着阅读和写作，几乎别无他物，很枯燥，没什么好写的。直到现在我还是这样认为。写下这篇文章我还是很高兴的，但写作过程并不享受。毫无疑问，我这个人最好、最有趣的部分，就是我的小说。

写作狂潮

Furor Scribendi

本篇最早刊登于《L. 罗恩·哈伯德未来作家作品选》(*L. Ron Hubbard Presents Writers of the Future*, vo1.9, Los Angeles: Bridge Publications, 1993)。
篇名原文为，拉丁语。

以出版为目的的写作或许是最容易也最困难的事。学习规则——如果真有规则的话——是容易的部分。遵循这些规则，把它们变成规律的习惯，是一场旷日持久的战斗。有这么几条规则：

1.阅读。如果写作有诀窍的话，只能是阅读。你想写哪个类型的作品，就多多去读。好的、糟的，虚构的、写实的，都要读。每天阅读，从中学习。如果你通勤上班，或有一部分时间不太需要专心，可以听有声书。如果你附近的图书馆能提供的完本有声书不多，那么可以到"录书""有声""华晨""文耳"[1]等公司租借或购买，它们拥有海量资源，可以满足娱乐和继续教育的需求。有声书便于我们琢磨语言的使用、单词的发音、戏剧冲突、人物特征、情节走向，也便于沉浸地思考历史、传记、医学、科学等作品中的多家言论。

2.参加课程和作家讲习班。写作即交流。你需要他人来帮你印证：你有没有表达出自己的想法，你的表达方式是否平易有趣且令人信服。换句话说，你得知道自己是不是在讲一个好故

---

1 原文分别为 "Record Books" "Books on Tape" "Brilliance Coporation" "Literate Ear"。——编者注

214

事。你想成为让读者夜不能寐、手不释卷的作家，而不是那种催促他们撂下书去看电视的蹩脚写手。讲习班和写作课就像为你的作品借来读者和观众。我们要从导师和同学的评论、疑问和建议中学习。和不愿伤害你、冒犯你的家人相比，这些相对陌生的人可能会更坦诚地告诉你作品的真实情况。他们会说出不太中听的实话，比如，你该去上语法课了。如果他们真的这么说了，你就要接受，就要去上课。词汇和语法是你最基本的工具。只有理解它们的人才能有效地应用，甚至锦上添花。任何计算机程序、朋友或下属都无法代替你本人对工具的充分理解。

3. 写。每天写。不管有没有感觉都要写。选定一天中的某个时段去写。可以早起一小时，晚睡一小时，放弃一小时的娱乐，甚至放弃午餐时间。如果选定了体裁却想不出写什么，那就写日记。反正日记是应该写的。日记可以帮助你更好地观察世界，也是为日后选题积蓄素材的方法。

4. 修改。力所能及地修改，直至最好。所有的阅读、写作、课程都会对此有所帮助。检查你写出的文章，你收集的资料（永远不要忽视资料收集工作），以及拼写、语法、标点等。不要放过任何不规范的东西。只要发现了应该修改的地方，那就修改，不要找借口。你会发现很多错误。不要让这些错误凸显你的缺点。一旦你发觉自己嘀咕着"不要紧，够好的了"，立刻停下，折回去，修改。要养成尽力而为的习惯。

5. 向出版机构投稿。首先要琢磨琢磨你感兴趣的市场。确定你想投稿的出版机构，把它们发行的书籍或杂志找来研究，然后投出你的稿件。要是你想到投稿就觉得害怕，好吧，尽管害怕吧，但稿子还是要投出去。如果遭到了拒绝，就再投一次，不停地投。退稿令人痛苦，但不可避免。它是每个作家的必经之路。不要放弃没能投中的稿子。你可以换个出版社，或者换一位编辑，再次投出。哪怕是最糟糕的情况，退稿也会教你些东西。甚至还可以把退稿作品部分或整个儿地用到新作品中。不管以何种方式，作家都应该是善于利用，至少是善于学习的。

6. 另有一些潜在的障碍是你应该忘记的。

首先要忘记灵感。更可靠的是习惯，无论有没有灵感，习惯都会支持你。习惯会帮助你完成、打磨你的作品，而灵感不会。坚持实践就是一种习惯。

其次是忘记天赋。如果你有天赋，很好，用就是了。如果没有天赋，也没关系。正如习惯比灵感可靠，持续的学习也比天赋可靠。永远不要让骄傲和懒惰阻止你学习、改进作品、必要时改变方向。对任何作家来说毅力都是必不可少的——坚持完成作品，即使被退稿也要坚持写下去，坚持阅读、学习、投稿。但固执——拒绝改变没有成效的行为或拒绝修改投不出去的作品——对你的写作梦是致命的。

最后，别担心想象力。写作需要的想象力，你全都有。所有的阅读、日记、学习都会激发想象力，玩味你的创意并乐在其中。不要担心它傻气、反常或不合宜。写作乐趣非凡，首先就要允许你的兴趣和想象力带你前往任何地方。一旦做到这一点，你就会有更多的想法。然后，真正的工作——将想法塑造为故事——就开始了。请继续下去。

坚持不懈。

后 记

我这篇短文是为"未来作家选集系列"(《L. 罗恩·哈伯德未来作家作品选》第九卷)而写的。这一系列展示了新星作家们的作品,这篇文章是我为新作家们所作演讲的精简版本。

整篇文章最重要的就是最后一个词。写作很难。你孤身奋战,没有鼓励,不知道作品能否发表、能否获得报酬,甚至不知道能否写完手里的那份稿子。坚持下来并不容易。所以我才给这篇文章取名为"写作狂潮"。狂热、积极的执念、燃烧的写作需求……随你怎么形容,这种激情非常有用。

有时候我接受采访,采访者要么称赞我"有才华""有天赋",要么就问我是如何发现它的。(我真的不知道。也许它该躺在我家衣橱里或是大街上,等着我去发现?)我曾经尽量礼貌地回答这个问题,说我不太相信所谓的"写作天赋"。想写作的人只分为两种:写或不写。后来,我只好说我最重要的才能——或者习惯——就是坚持。没有它,我早就放弃了,根本熬不到第一部小说完稿。单单是不肯放弃,就能让我们做出惊人的成就。

我想,我所有的采访、演讲和写在这里的诀窍,就是这个。这个真理不仅适用于写作,而且适用于所有重要但困难、重要但可怕的事情。我们实际能力所及的高度,其实远超我们想象的边界。

再说一遍，那个词是：坚持！

图书在版编目（CIP）数据

血孩子 / (美) 奥克塔维娅·E. 巴特勒著 ; 吴华译 .
北京 : 中国友谊出版公司 , 2025. 1. —— ISBN 978-7
-5057-5976-3

Ⅰ . I712.45

中国国家版本馆 CIP 数据核字第 2024VB9609 号

著作权合同登记号　图字 : 01-2024-3406

书名	血孩子
作者	［美］奥克塔维娅·E. 巴特勒
译者	吴　华
出版	中国友谊出版公司
发行	中国友谊出版公司
经销	新华书店
印刷	河北鹏润印刷有限公司
规格	880 毫米 ×1230 毫米　32 开
	7.125 印张　140 千字
版次	2025 年 1 月第 1 版
印次	2025 年 1 月第 1 次印刷
书号	ISBN 978-7-5057-5976-3
定价	55.00 元
地址	北京市朝阳区西坝河南里 17 号楼
邮编	100028
电话	（010）64678009

如发现图书质量问题，可联系调换。质量投诉电话：010-82069336